1933

LOST HORIZON

消失的地平線

（烏托邦文學代表作，全新譯本）

James Hilton 詹姆斯·希爾頓

陳錦慧——譯

目次

〈導讀〉

消失是因為曾經存在——重返世外桃源的祕密鑰匙藏於何方？

國立臺東大學英美語文學系副教授　鄧鴻樹

《納尼亞傳奇》作者C. S. 路易斯曾說：「文學擴充了現實世界。」他認為文學作品要為讀者尋求一股文字的清泉，灌溉內心的荒漠。因此，文學作品有時需要創建新的語彙，以新的語言擴展我們的視野。

「香格里拉」這個源自《消失的地平線》的新詞就是好例子。無論應用於連鎖飯店、觀光旅遊，或是論壇名稱，「香格里拉」成為世外桃源的代名詞。這個新詞「擴充現實」的過程，還涉及文學出版與電影興起的一段祕辛。

文學改編電影的風潮

《消失的地平線》於一九三三年出版時，詹姆士・希爾頓在文壇默默無名。他於劍橋大學主修文學與歷史，年僅二十歲就發表第一部小說。畢業後他在報章雜誌兼職，設法靠寫作謀生。那段期間，他陸續出版十多部作品，不過，皆未獲青睞。

當時，有聲電影技術逐漸成熟。一九三〇年《西線無戰事》改編電影上映，在美國票房亮眼，開啟當代文學改編電影的風潮。一九三四年，希爾頓以《萬世師表》成為暢銷作家，帶動他舊作的銷售。一九三七年好萊塢推出《消失的地平線》改編電影，由名導演法蘭克．卡普拉執導。本片上映後佳評如潮，哥倫比亞公司與原著小說因而聲名大噪。

一九三九年，美國推出平價版口袋書，大量發行的首選就是《消失的地平線》。往後二十年間，《消失的地平線》狂銷兩百萬冊，在改編電影的加持下，「香格里拉」成為家喻戶曉的新詞彙。

《消失的地平線》促成文學與新媒體的交互發展，影響傳統出版業與電影業的行銷模式。一九三九年《萬世師表》、《亂世佳人》等知名改編電影開創文學與電影雙贏的局面，《消失的地平線》的案例功不可沒。

通俗文學的現代寓言

《消失的地平線》原著小說跟改編電影同樣精彩。主角康威與其他三名人士在兵荒馬亂中被劫持上機，飛越喜馬拉雅山脈，流落到一個名叫香格里拉的祕境。康威發現此地藏有天大的祕密。他倒底發現了什麼？得知祕密後，他會選擇留下或是離去？

在「超塵絕俗」的深山裡，康威逐漸感到一股莫名情緒：「那種感覺無關浪漫，而是一種剛硬的、近乎理智的特質。遠處那金字塔般的瑩白山峰像歐幾里德的幾何定理，淡漠地強索頭腦的認同」：

> 他從沒見過如此絕美的香格里拉。他想像山谷就在懸崖邊緣的另一方，那畫面像波瀾不興的深邃池塘，與他自己的寧靜思緒相呼應。他的震驚已經消退。那段循序漸進的長談清空了他的心靈，只留下一份滿足感，既是心靈與情感上的滿足，也是精神上的滿足。

他在香格里拉的每一天都被許多「不可能」的事喚醒內心的共鳴。最後，他豁然大悟：「如果有所謂脫離現實的存在，這就是了」。《消失的地平線》以冒險小說的路線吸引讀者。不過，這並不代表本書的成就侷限於通俗文學的範疇。《消失的地平線》以直白的方式寫下大時代的寓言，說出每個人的心聲，這正是本書與改編電影在當時能引起廣大迴響的緣故。

尋求文明的淨土

《消失的地平線》誕生於西方現代史最黑暗的一頁。一九三〇年代，歐洲尚未走出第一次世界大戰的陰影，崛起的強權讓世界再度面臨戰火的威脅。同期，美國股市大崩盤，引發全球經濟大蕭條。現代文明面臨崩盤的危機，「世上沒有人知道遊戲規則是什麼」：

這句話不只適用於美國的銀行與信託管理，也適用於巴斯庫爾、德里和倫敦，更適用於戰火的觸發與帝國的創建，以及領事、貿易特許和總督府的晚宴。那個記憶中的世界到處彌漫著土崩瓦解的濃烈氣味。

大喇嘛點出全人類的深層恐懼，「有朝一日人類太沉迷於殺人手段，會對整個世界大開殺戒」：美好的事物「總有一天都會被戰爭、貪欲和暴行摧毀，直到徹底消失」。

對一九三〇年代的讀者而言，大喇嘛所言已成事實。當時很多人跟康威一樣，人生的熱情已被戰火燃燒殆盡。康威說出整個世代的苦悶：「我對這個世界只有一個要求，那就是別煩我」。

一九三〇年代的亂局帶動一種異於傳統的冒險精神。深入異域不再是為了物質利益，而是要在異文化尋求提升心靈的解方。康威這位外交人員不喜歡「帝國創建者那種果敢堅定」，他抱持非典型的價值觀：「世俗的功績與成就，他只覺得索然無味」。他認為「英國人和美國人基於一股持續又不合常理的狂熱，在世界各地衝刺」。他希望在陌生國度找到「全新體體驗」，「敞開自己的靈魂」，尋求生命的意義。

《消失的地平線》忠實反映出一九三〇年代西方人尋求擴充心智的急迫。故事以空中歷險開頭，當時讀者必會想起一九二七年林白以越洋飛行鼓舞人心的壯舉。《消失的地平線》有關喇嘛寺生活與湛藍世外桃源的描寫，可能源自知名旅行家亞歷珊卓・大衛—尼爾（Alexandra David-Néel）的《拉薩之旅》（一九二七年）。大衛—尼爾以首度造訪西藏的西方女性自居，是當時的話題人物。她的遊記把傳說中的聖地香巴拉（Shambhala）介紹給西方讀者。

一九三〇年，藝術家尼古拉斯・洛里奇（Nicholas Roerich）把前往西藏的經歷寫成《香巴拉》，將藏傳佛教淨土的理念引介給歐美廣大讀者群。洛里奇曾任史特拉汶斯基《春之祭》的舞台與服裝設計，極具知名度。他認為「藝術、美、知識」能產生凝聚世人的力量，能指引通往聖土的道路。希爾頓以香格里拉做為文明方舟保存知識與藝術的想法，極有可能受到《香巴拉》的啟發。

拒絕逃避現實的反戰小說

一九三九年十二月，也就是第二次世界大戰爆發後三個月，希爾頓在洛杉磯一場演說表示，西方文明的發展弄錯了方向：「就我所知，我們所處的年代是有史以來，全人類同時被籠罩在疑惑、恐懼、慢性焦慮之中」。他認為西方文明基於科技工業的樂觀主義是自欺欺人。世界大戰令人認清一個事實：「大自然沒有一條法則能阻止人類出於自身愚昧而自我毀滅」。

《消失的地平線》的末日預言一語成讖。香格里拉的夢想類似赫胥黎《美麗新世界》（一九三二年）返璞歸真的「野人保育區」，也預告歐威爾《一九八四》「黃金鄉」的想像。康威的世界與人間樂土的夢想同樣瀕臨幻滅：「他的心靈定居在屬於它自己的世界，那是縮小版的香格里拉，但那個世界也面臨危機……一切即將變成廢墟」。

不過，面對文明崩解與種族滅絕的威脅，《消失的地平線》拒絕擁抱逃避主義，此為本書有別於同期反烏托邦文學的重要特質。雖然康威的失憶與失蹤為香格里拉添加傳奇色彩，可確定的是，他並未選擇從生命解脫。會失憶，因爲曾經記得。通往香格里拉的地平線雖然消失不在，就像康威的失蹤，代表曾經存在。

故事最後，康威成為「流浪者」，「漂泊在兩個世界之間，而且必須永遠漂泊下去」。他的選擇並非逃離現實的自我放逐，而是不斷尋覓屬於自己的香格里拉。他的追尋流露凡人扭轉末世預言的勇氣，因為，尋找香格里拉就是人類存在的意義。無論康威「究竟是曾經發瘋，如今恢復正常，或曾經正常，如今又發瘋」，他對人間樂土的信念為二〇二五年的讀者帶來「一份古典的莊嚴感」：「那份莊嚴感與其說是一種內涵，不如說是一種光芒」。

前言

雪茄快抽完了，一股幻滅感在我們心中油然生起。昔日同窗成年後重逢，不可避免地發現，彼此之間原來不如當初想像中那般意氣相投。盧瑟福成了小說家；衛蘭德如今是大使館祕書，今晚他請我們在滕普爾霍夫機場用餐。他好像不是太熱絡，但還是保持著外交人員在這種場合該有的從容。我們三個今晚之所以共聚一堂，好像只因為彼此都是英國單身漢，剛好來到這座異國首都。這麼多年過去，我發現衛蘭德．特蒂斯那點自命不凡並沒有隨著時間消逝。我反倒更喜歡拿下皇家維多利亞勳章的盧瑟福，過去的他是個身材瘦削的老成少年，我有時欺負他，有時保護他，如今他已經全然擺脫那段青澀歲月。想到他收入可能比較高，人生也可能更多彩多姿，我跟衛蘭德不禁都有點豔羨。

不過，這天晚上的餐會一點都不枯燥。我們的視野很好，能看見德國漢莎航空的飛機從中歐各地抵達。近晚時分助航燈亮起，整座機場大放光明，像舞台般璀璨耀眼。其中一架是英國飛機，有個穿著全套裝備的飛行員緩步走近我們餐桌，向衛蘭德行禮致敬。衛蘭德怔了一下，認出對方身分後連忙幫我們介紹，並邀請那人入座。那人名叫桑德斯，個性爽朗隨和。衛蘭德向他致歉，說一旦穿上全套飛行裝、戴上頭盔，實在很難看出誰是誰。桑德斯笑答，「是啊，這點我很清楚，畢竟我在巴斯庫爾待過。」衛蘭德也笑了，卻不是那麼自然，之後話題很快轉移。

桑德斯加入後，我們的小聚會氣氛活躍得多，大家都喝了不少啤酒。大約十點衛蘭德起身去跟附近另一桌的人說話，盧瑟福趁著談話中斷，說道，「對了，你剛才提到巴斯庫爾，那地方我略知一二。聽你話裡的意思，那裡出了什麼事？」

桑德斯靦腆地笑了笑。「喔，只是我在那裡服役時發生的一點小插曲。」然而他太年輕，心裡有話憋不了太久。「事情是這樣的，有個阿富汗人或阿弗里迪人[1]或不管什麼人偷了我們一架飛機溜掉了，留下一堆爛攤子等著收拾，你應該不難想像。我從沒聽說過這麼肆無忌憚的行為。那可惡的傢伙伏擊飛行員，把人打暈，偷走裝備、鑽進駕駛艙，從頭到尾沒人發現。那人還對技師發出正確信號，瀟灑地起飛，揚長而去。麻煩在於，他就這麼一去不回。」

盧瑟福好像很感興趣。「什麼時候的事？」

「嗯，差不多有一年了，一九三一年五月發生的。當時因為革命的關係，我們要把巴斯庫爾的平民撤離到白沙瓦，你們或許知道那件事。當時局面有點混亂，不然也不會出這種差錯。不過，事情**確實**發生了。果然人靠衣裳馬靠鞍，對吧？」

盧瑟福還是興味盎然。「在那種情況下，一架飛機應該不會只派一名飛行員？」

「確實，一般的軍用運輸機都不只一個飛行員，但這架飛機比較特殊，當初是專為印度某個邦主打造的，機身比較小巧。印度那些測量人員都開這架飛機在喀什米爾的高海拔地區飛行。」

「你說那架飛機沒有在白沙瓦降落？」

1. Afridi，普什圖族（Pashtun）的一支，目前主要居住在巴基斯坦開伯爾普什圖省（Khyber Pakhtunkhwa）。

「沒有。據我們所知，也沒有在其他任何地方降落，怪就怪在這裡。當然，如果那傢伙是某個部落的人，可能會往山區去，用飛機上的乘客勒贖。不過，我猜那些乘客都罹難了。邊境有太多地方就算飛機墜毀也不會有人知道。」

「嗯，那種地方確實是這樣。飛機上有幾個乘客？」

「好像有四個。三個男人，一個女傳教士。」

「其中有沒有一個姓康威的男人？」

桑德斯一臉詫異。「咦，的確有。『輝煌』康威，你認識他？」

「我們是校友。」盧瑟福答得有點不自在，因為這雖然是事實，他卻覺得自己說這話有點底氣不足。

桑德斯說，「根據傳說中他在巴斯庫爾的種種表現，他相當優秀。」

盧瑟福點頭認同。「是，毫無疑問……但是太離奇了……太離奇了。」他心思好像有點渙散，很快又回過神來，說道，「報紙沒有報導這件事，不然我應該會看到。這是為什麼？」

桑德斯忽然露出尷尬的表情，甚至差點臉紅。他答，「坦白說，我好像說太多了。不過可能已經無所謂了，這件事在軍中想必已經成了舊聞，更何況在外界。當初消息被壓下了，我是指事情的經過，傳出去有點丟臉。官方只說有一架飛機失蹤，也公布了乘客姓名。外面的人不太關注這種事。」

這時衛蘭德回來了，桑德斯轉頭跟他說話，語氣中帶點歉意。「衛蘭德，他們幾個剛才聊到『輝煌』康威，我說出巴斯庫爾的事，應該沒什麼不妥吧？」

衛蘭德嚴肅地靜默片刻，顯然在同胞情誼與公務員職責之間拉鋸。最後他說，「我不得不認為，把那件事當成茶餘飯後的閒談很令人遺憾。我以為你們這些飛行員需要以名譽擔保，不對外洩露機密。」他將年輕飛官訓斥一頓後，又和藹地對盧瑟福說，「當然，你這邊沒關係，不過你一定知道，有時候邊境上的事最好保留一點神祕色彩。」

盧瑟福冷淡地答道，「只不過，未知的真相總是讓人心癢難搔。」

「真正需要知道的人絕不會受到隱瞞，這點我可以跟你保證，因為當時我就在白沙瓦。你跟康威熟嗎？我是指中學畢業以後？」

「在牛津有過一點交集，之後偶遇幾次。**你呢**？經常跟他見面嗎？」

「我派駐土耳其首都安卡拉時見過一、兩次。」

「你喜歡他嗎？」

「他是個聰明人，只是有點懶散。」

盧瑟福露出笑容。「他肯定非常聰明，大學生活豐富精彩，至少大戰爆發前是如此。賽艇校隊、辯論社明星人物，拿過這個那個獎。他也是我見過最優秀的業餘鋼琴家，可說是樣樣精通，是那種喬威特[2]會看好他未來當上英國首相的人。可是，離開牛津後他幾乎銷聲匿跡。當然，戰爭阻斷他的前程。當時他很年輕，我猜他經歷了大部分過程。」

衛蘭德說，「他好像被炸彈炸傷過，傷得不重。表現不算太差，在法國拿到傑出服務勳章[3]。之後好像回牛津教了一陣子書。我知道他一九二一年去了東方，因為他懂東方語言，跳過常規的預審，直接得到那份工作，輾轉換過幾個駐地。」

盧瑟福笑意更深。「那麼一切都說得通了。歷史永遠不會告訴我們有多少天縱英才虛耗在例行公事上，翻譯外交信函、在使節茶會上端茶遞水。」

「那時他在領事館，不是大使館。」衛蘭德語氣高傲，顯然不喜歡盧瑟福的打趣。盧瑟福又開了幾個類似的玩笑後起身準備離去，衛蘭德沒有挽留。不過時間也晚了，所以我順道告辭。大家道別的時候，衛蘭德還是沉默地謹守他的官方禮儀，桑德斯倒是十分親切，直說希望有機會再相聚。

我預定搭清晨的跨大陸火車，等計程車的時候，盧瑟福問我要不要跟他回旅館度過這段等車的空檔。他說他的房間附帶客廳，我們可以聊聊。我說這實在太好了。他答，「好。我們可以聊聊康威，除非他的事你已經聽膩了。」

我說雖然我幾乎不認識他，卻一點也不覺得膩。「他離開時我才讀完第一個學期，之後就沒見過他。不過有一次他對我展現出極大善意，當時我還是新生，他沒有理由那麼做。那只是一件小事，但我一直都記得。」

盧瑟福表示認同。「是啊，我也很欣賞他。只不過，如果從時間的角度考量，我跟他見面的次數也出奇地少。」

2. 應指班傑明．喬威特（Benjamin Jowett，一八一七～九三），英國古典學者，牛津大學貝里歐學院（Balliol College）院長，被譽為十九世紀最偉大的教師之一。

3. D.S.O.，金銀相間的十字勳章，是英國與大英國協成員國獎勵有功軍事人員的獎章。

接下來是一段怪異的靜默。這段時間裡我和他顯然都想到同一個人，這個人在我們心目中的分量，遠遠不是我們跟他的幾次不經意接觸所能衡量。從那時起我經常發現，人們只要見過康威，即使只是在正式場合短暫碰面，都會對他留下鮮明深刻的印象。他年輕時當然出類拔萃，我在崇拜英雄的年歲認識他，對他的印象還摻雜著些許浪漫色彩。他身材高大，儀表不凡，不但在運動場上表現傑出，更包辦校內各種大小獎項。有個相當感性的校長提到他的成就，用「輝煌」來形容，他的外號就是這麼來的。或許只有他擔得起這樣的外號。我記得他曾經用希臘語在年度頒獎典禮上演講，在學校劇團的表現也格外出色。他身上有種伊莉莎白時代的氣質，各種才藝信手拈來，相貌堂堂、允文允武又智勇雙全，很有點菲利普．席德尼[4]的味道。如今我們的文明已經很少栽培出這樣的人。我對盧瑟福說出這番想法，他答，「你說得沒錯。對於這種人，我們貶稱為『半吊子』。我猜肯定有人這麼稱呼康威，比如衛蘭德那樣的人。我不太喜歡衛蘭德，受不了他那種性格，一本正經又妄自尊大。還有那不折不扣的學生領袖思維，你注意到了嗎？說那些『以名譽擔保』、『對外洩露機密』的漂亮話，一副這見鬼的大英帝國就是《聖多明尼克中學五年級》[5]似的！話說回來，我跟這些外交官大人老是犯沖。」

車子走了幾個街區，我們沉默無語。之後他接著說，「不過今晚還是很值得，聽見桑德斯聊起巴斯庫爾那件事，對於我是一種特別的體驗。我先前也聽說過，只是不太相信。這只是某個離奇得多的故事的一小部分，那時我覺得根本沒有理由相信。或者說，只有一個非常薄弱的理由，**現在**變成**兩個**非常薄弱的理由。你大概看得出來我不是個輕信的人。我大半輩子都在到處旅行，很清楚這世上肯定有怪誕的事。當然，那是指親眼目睹的情況下，如果是口耳相傳，就未必是真的。然而……」

他好像突然意識到他說的這些在我聽來不知所云，於是笑出聲來。「哎呀，有件事可以確定，我不太可能對衛蘭德掏心掏肺，那等於把史詩賣給八卦

4. Philip Sidney（一五五四～八六），英國伊莉莎白時代傑出人物，既是詩人、學者，也是朝廷官員、軍人。

5. 《聖多明尼克第五年級》（*The Fifth Form at St. Dominic's*）是英國作家里德（Talbot Baines Reed, 一八五二～九三）在一八八一年發表的作品，描寫英國公學的校園生活，也是最知名的校園故事。

週刊。我有祕密寧可說給你聽。」

「你可能高看我了。」我說。

「我是根據你寫的那本書做出的判斷。」

我沒提起過我那本偏向技術性的著作，神經醫學畢竟不是熱門學科。盧瑟福竟然知道那本書，這點讓我十分驚喜。我跟他分享我的心情，他答，「我很感興趣，因為康威曾經失憶。」

這時我們到了旅館，他去櫃台拿鑰匙。我們搭電梯上五樓的時候，他說，「這些都不是重點。事實上，康威沒死，至少幾個月前還活著。」

電梯上樓的時間太短，好像不足以評論這樣的訊息。幾秒後踏上走廊，我問，「你確定？你怎麼知道？」

他邊開門邊回答，「因為去年十一月我跟他搭同一艘日本遠洋客輪，從上海去到檀香山。」等我們安穩坐進扶手椅，倒好酒點上雪茄，他才接著說，「我經常到處走，去年秋天我在中國度假。當時我已經很多年沒見過康威，也沒跟他通過信。我未必經常想起他，但只要在腦子裡稍一回想，輕易就能勾勒出他的樣貌。當時我去漢口拜訪朋友，回程搭北平特快車。我在火車上遇見法國慈善修女會的修院院長，她正要回重慶，她的修院在那裡。她個性非常隨和，我們就聊了起來。我懂一點法語，所以她好像很樂意跟我談談她的工作和一般話題。我對傳教活動其實沒什麼認同感，但我跟現今大多數人一樣，願意承認天主教徒素質確實不錯，因為他們至少很勤奮，而且在這個五方雜處的世界，他們從來不會裝得高高在上不可一世。不過，這也是順道一提。重點在於，這位女士聊到重慶的教會醫院時，提起幾個星期前那裡收治的一個發燒患者。醫院的人覺得他是歐洲人，但那人不知道自己是誰，身上也沒有證件。他穿著本地人的服飾，還是最底層的人穿的那種。被修女收進醫院時，真的病得很重。那人說得一口流利中文，法語也很不錯。修院院長告訴我，一開始他不知道修女的國籍，用高雅的英語跟她們交談。我說我不相信有這種事，還友善地打趣她，說她不懂英語，怎麼可能聽得出對方的腔調高不高雅。我們又說笑了一番，最後她提出邀請，說哪天我去到那附近，不妨去修院看看。當然，那時的我覺得這絕無可能，就跟我不可能攀登聖母峰一樣。列車到了重慶，我跟她握手道別，真心遺憾這場偶遇就這麼結束。沒想到，幾小時後我又回到重慶。因為列車出發兩、三公里就發生故障，好不容易才把我們送回車站。我們在車站得知，救援列車十二小時後才會到。中國鐵路經常發生這樣的事。我必須在重慶度過半天的時間，於是決定接受那位女士的邀請，去修會看看。

「我真的去了，也受到驚訝中不失熱忱的接待。我在想，天主教徒處理正事嚴謹刻板，私底下卻寬容和善。兩種態度輕鬆並存，這恐怕是非天主教徒最難理解的一點。我會不會說得太複雜？這都無所謂。總之，跟教會那些人相處非常愉快。我到那裡不到一小時，餐點就準備好了，有個年輕的基督徒醫生坐下來陪我一起用餐，英法語夾雜地跟我輕鬆閒聊。飯後他和院長一起帶我參觀他們引以為榮的醫院。早先我說過我是作家，他們竟天真地覺得我可能會把他們都寫進書本，個個興奮莫名。我們走過一張張病床，醫生一一說明患者的病情。醫院一塵不染，管理顯然非常完善。我已經把那個說得一口高雅英語的神祕病人拋到腦後，直到院長提醒我我們馬上就會見到那人。當時我只看到那人的後腦勺，他好像睡著了。他們建議我用英語跟他交談，於是我說，『午安！』當時我腦海最先浮現的，就是這句了無新意的問候語。那人猛然抬頭看我，應了一聲『午安！』沒錯，確實是有教養的腔調。但我沒有時間管他的腔調，因為我已經認出他來。雖然他留了鬍子，容貌也大變樣，而且我們很久沒見了。

他是康威，我確定他是。只是，如果我花點時間思考，多半會斷定他不可能是康威。幸好我當時沒有多想。我說出他和我的名字，雖然他看起來好像完全不認得我，我卻相信自己沒有認錯人。過去我就注意到他臉部肌肉有種古怪的輕微抽搐，而且他的眸色仍然跟在牛津貝里歐學院時一樣。當時我們總說他眼珠的藍比較接近劍橋的藍，而不是牛津的藍[6]。除了這些，他就是那種你不可能認錯的人，見過一眼就會深深牢記。醫生和院長當然非常振奮。我告訴他們我認識這個人，還說他是英國人，是我朋友，如果他不認得我，只能是因為他已經徹底失憶。他們儘管震驚，卻還是贊同我的話。我們針對他的病情討論了很久，至於康威病成那樣，怎麼有辦法去到重慶，沒有人說得上來。

「長話短說。我在那裡停留兩個多星期，想方設法幫他恢復記憶，可惜沒效果。不過他身體康復了，我們聊了很多。我直接告訴他我是誰，他又是誰，他態度溫順，沒有反駁。甚至，他流露出一種淡淡的欣喜，好像很高興有我相

6. 牛津和劍橋這兩所英國知名學府都選藍色為代表色，最早源於兩校賽艇比賽的隊服，牛津藍是深藍，劍橋藍則是淺藍。

伴。我提議送他回英國，他說他無所謂。那種生無可戀的模樣叫人有點不安。我用最快的速度安排旅程，跟漢口領事館一個熟人說出內情，護照之類的文件就順利辦齊了，省掉很多可能會有的麻煩。事實上，為了康威著想，我覺得這個消息最好壓下來，別登上報紙，我很慶幸我辦到了。當然，媒體應該會喜歡這樣的新聞。

「我們離開中國的方式相當普通，先搭船順著長江到南京，再搭火車到上海。當天晚上有一艘日本遠洋客輪要從上海駛往舊金山，我們兼程趕路，總算上了船。」

「你幫了他很多。」我說。

盧瑟福沒有否認。他說，「換成別人我應該不會那麼做。可是康威這個人有種不一樣的特質，從以前到現在都是。那種特質很難說得清，會讓人開開心心竭盡所能。」

我贊同。「的確。他有一種特殊的吸引力，一種討人喜歡的特質，到現在我只要想起來，還是覺得心悅誠服。不過，在我的記憶裡，他仍然是穿著法蘭絨板球褲的中學生。」

「可惜你不認識牛津時代的他。他就是出色，沒有別的形容詞了。大戰結束後大家都說他變了，我也有同感。但我忍不住想，他有那麼好的天賦，應該是個做大事的人。在我看來，為大英帝國效勞不是偉大的人該做的事。而康威確實偉大，或者說原本應該不同凡響。你跟我都認識他，如果我說跟他認識是個值得銘記於心的體驗，應該不算太誇張。我在中國中部見到他，即使他腦子一片空白，過往經歷成謎，他身上仍然散發著那股奇特的吸引力。」

盧瑟福停下來回想，又接著說，「你應該想像得到，我們在遠洋客輪上重拾舊日的友誼。我把我所知關於他的一切都告訴他，他靜靜聽著，那聚精會神的模樣幾乎有點好笑。他能清楚記得到達重慶以後的事。還有一件事你應該會覺得挺有意思，那就是他的外語能力還在。比方說，他告訴我他跟印度應該有點關係，因為他會說印度斯坦語[7]。

「到了橫濱，客輪就客滿了，鋼琴家齊維金也是新乘客之一，正要去美國舉辦演奏會。他跟我們同桌吃飯，時不時用德語跟康威說話。這就說明康威表

7. Hindostani，南亞北部（印度斯坦）的印地語、烏爾都語及其他語言的統稱。

面上有多正常。他雖然失憶，但一般交談中看不出來，除此之外，他的表現沒有一點出格。

「離開日本幾天後，齊維金應邀在船上辦一場鋼琴獨奏會，我跟康威一起去聽。齊維金彈了幾曲布拉姆斯和史卡拉第，還有不少蕭邦[8]，技藝高超。過程中我瞄了康威一兩眼，發現每支曲子他都聽得很陶醉。這很正常，畢竟他在音樂方面造詣也不差。獨奏會結束後，幾個熱情觀眾圍在鋼琴旁，要求齊維金追加安可曲，他大方應允，看起來相當友善。同樣地，他彈的大多是蕭邦，好像是他最擅長的。最後他起身離開鋼琴，朝門口走去，幾個仰慕者緊追不捨，但他顯然覺得他對他們已經夠好了。就在那時發生一件怪事：康威坐在鋼琴前，彈了一支活潑的快板，是我沒聽過的旋律。齊維金也被琴聲吸引回來，激動地向康威打聽那支曲子。康威古怪地沉默一段時間，最後只說他也不知道。齊維金直呼他不相信，心情更激動了。康威只好絞盡腦汁去回想，最後終於說那是蕭邦的練習曲。我覺得不太可能，所以聽到齊維金斷然駁斥，一點也不驚訝。只是，康威忽然為這件事發怒，這讓我很震驚，畢竟在那之前他對任何事幾乎都無動於衷。齊維金抗議道，『親愛的朋友，蕭邦所有現存作品我都知道，我可以確定他沒寫過你剛才彈的那支曲子。是有這個可能，因為那完全是他的風格，可惜真的不是。我要求你拿出這支曲子的譜，不管收錄在哪個版本裡。』對此，康威回答，『啊，我想起來了，這曲子沒有發表過。我之所以會彈，是因為我遇到過蕭邦的學生……接下來這支也沒發表過，也是跟他學的。』」

盧瑟福深深望著我，接著說，「我不知道你懂不懂音樂，但即使不懂，應該也能想像我和齊維金聽到康威繼續彈的曲子，有多麼振奮。當然，對於我，那短暫的片刻既突然又神祕，讓我窺見他的過去，是先前遺漏的線索之中的第一條。齊維金當然專心思索曲子的問題。這件事的確叫人摸不著頭腦，如果我告訴你蕭邦在一八四九年過世，你就能理解。

「這整件事實在匪夷所思。或許我應該告訴你，當時現場至少有十幾個目

8. 布拉姆斯（Johannes Brahms, 一八三三～九七），德國浪漫主義中期重要作曲家。史卡拉第（Giuseppe Domenico Scarlatti, 一六八五～一七五七），義大利作曲家兼演奏家，作品偏向巴洛克風格。蕭邦（Frederic Francois Chopin, 一八一〇～四九），波蘭作曲家兼鋼琴家，有鋼琴詩人美譽。

擊者，包括加州某位相當知名的大學教授。當然，我們可以判定康威的說法在時間上不可能，或者說幾乎不可能，但曲子本身怎麼解釋。如果不是康威所說的那樣，那麼作曲者**又是誰**？齊維金篤定地告訴我，那兩支曲子一旦發表，半年內就會成為所有音樂鑑賞家的收藏曲目。這話或許有點誇大，卻透露出齊維金對它們的評價。當時大家爭辯了半天，最終也沒有結論，因為康威堅決不改口。我發現他已經有點累，急著想帶他離開，讓他上床休息。最後大家討論到錄製唱片，齊維金說他到美國後會立刻安排好一切，康威也同意在麥克風前彈奏。但他沒能兌現承諾，從各種角度來說，我覺得這是很可惜的事。」

盧瑟福瞄一眼他的手錶，強調我一定可以趕上火車，他的故事快說完了。

「因為那天晚上，也就是獨奏會那晚，他的記憶恢復了。我們各自回房休息，我躺在床上無法入睡，他來到我房間跟我說這件事。他的表情變得木然，那種神態我只能用『深切的哀傷』來形容。一種鋪天蓋地的哀傷，如果你明白我的意思的話。那是某種疏離、淡漠，像德國人說的『懷舊憂傷』、『悲觀厭世』或不管什麼。他說他什麼都想起來了，齊維金彈奏時，他的記憶開始浮現，只不過一開始是斷斷續續的。他在我床鋪邊緣呆坐許久，我沒有打擾他，讓他慢慢用他自己的方式陳述。我說我很高興他找回記憶，但如果他寧可繼續失憶，我也替他覺得遺憾。他抬頭看我，我始終覺得那眼神中隱含著高度讚賞。他說，『謝天謝地，盧瑟福，你的想像力夠豐富。』片刻後我換了衣服，說服他也回去換身衣裳，兩人去甲板來回踱步。夜色靜好，滿天星斗，天氣高溫炎熱，海水黯淡濃稠，狀似煉乳。如果沒有引擎的震動，我們幾乎像在濱海大道散步。一開始我沒有發問，讓康威用自己的方式陳述。接近黎明時，他開始侃侃而談，等他終於說完，已經是晨光明媚的早餐時間。我說『說完』，不代表他已經沒別的可說了。接下來那二十四小時，他又填補了很多重要空缺。他心情很低落，沒辦法入睡，所以我們的談話幾乎沒有間斷。隔天午夜客輪預定停靠檀香山，午夜前我們在我的艙房喝酒，他大約十點離開，之後我再也沒見過他。」

「你是說……」我腦海裡浮現一幕高度冷靜的自殺行動，是我在一艘從霍利希德開往京斯頓的郵輪上目睹的。

盧瑟福笑出聲來。「天啊，不，他不是那種人。他只是趁我不注意溜走了。上岸一點都不難，但他想必知道，只要我派人去找他，他的行蹤一定會暴露。我當然也那麼做了。之後我得知他搭上一艘運香蕉南下斐濟的貨船。」

「你的消息怎麼來的？」

「相當直接，他寫信給我。是在三個月後，信從曼谷寄來，附了一張匯票，償還我幫他墊付的費用。他向我致謝，說他一切安好。他還說他即將開始一段長途旅程，往西北方向走。就這樣。」

「他指的是什麼地方？」

「是啊，範圍太廣，對吧？有太多地方都在曼谷的西北方，真要說，柏林也是。」

盧瑟福停下來，幫我跟他自己倒酒。這是個離奇的故事，或者是他刻意營造的效果，我無法分辨。音樂那部分雖然叫人困惑，但我對康威去到中國教會醫院的過程更感興趣，於是問了盧瑟福。他說，事實上這兩件事屬於同一個問題。我問，「那他到底是怎麼去到重慶的？那天晚上他在客輪上都告訴你了吧？」

「他確實提到一些。我已經跟你說了這麼多，如果還有所保留未免不合常理。只是，這故事有點長，你去趕火車之前的時間，連個概要都說不完。何況還有個更便捷的辦法，說來有點慚愧，那是作家這個不光彩行業的花招。也就是說，經過事後一番琢磨，我覺得康威的故事非常吸引我，所以我們在船上幾次談話之後，我都會簡單做點紀錄，免得忘掉其中的細節。後來，故事的某些情節緊扣我心弦，我決定更進一步，把我寫下的筆記和留在腦海裡的片段整理成一篇故事。但我並沒有虛構或篡改任何內容。他提供的素材已經夠充足，畢竟他能言善道，而且擁有傳情達意的天賦。再者，我覺得我開始了解他。」他走向他的公事包，拿出一疊打字稿。「總之，都在這裡，你想怎麼解讀都行。」

「你覺得我可能不會相信裡面的內容？」

「倒也不是那麼明確的提醒。不過，如果你**真的**相信，那麼原因就會是特土良[9]所說的：恰恰因為它不可能。這個論點也許有點道理。不管怎樣，記得讓我知道你的想法。」

我拿走那份初稿，在奧斯坦德特快車上讀完大部分。我打算回英國就把稿

9. Tertullian（約一五五～二二〇），羅馬帝國迦太基城知名神學家兼哲學家，是基督教神學鼻祖之一。這句話原來的大意是：因為不合理，所以可信。

子寄回去，再附上一封長信。後來行程因故延誤，我還沒投遞出去，就收到盧瑟福的短信，說他又遊歷去了，未來半年內不會有固定落腳點。他說他要去喀什米爾，之後再往「東」走。我一點也不驚訝。

第一章

那年五月的第三個星期，巴斯庫爾的局勢更形混亂。到了五月二十日，空軍奉命從白沙瓦派飛機過來，準備撤離這裡的白人。大約有八十人等待撤離，大多數都搭軍用運輸機平安飛越山區。也有幾架徵調來的飛機，其中一架是錢德拉布爾土邦邦主借用的小飛機。大約上午十點，四名乘客登上這架飛機，分別是東方傳教團的羅貝塔·布琳洛小姐、美國人亨利·巴納德、英國領事休·康威和副領事查爾斯·馬林森上尉。

後來，這四個名字就以這樣的模式登載在印度和英國的報紙上。

那年康威三十七歲，在巴斯庫爾待了兩年。事後看來，他這份工作好像是一次又一次壓錯寶。他生命中的這個階段結束了，再過幾星期，或者回英格蘭休假幾個月後，他又會被派去另一個地方。東京或德黑蘭，馬尼拉或馬斯喀特，做他這行的人永遠不知道下一刻要面對什麼。他在領事館工作十年了，時間久得足以練出精明眼光，能評估自己未來的發展，就像他慣常評估別人的未來發展一樣。他知道好職位輪不到他，然而，想到自己原本就不奢求高位，他真心感到安慰，倒不是酸葡萄。在所有職缺裡，他偏好少一點官樣文章、多一點靈活變化的工作。但這樣的職位通常不算好，其他人肯定都覺得他打了一手爛牌。事實上，他覺得自己把這一手牌打得還不錯，畢竟這十年他的工作豐富多彩，還算樂在其中。

他個子很高，深古銅色皮膚，棕色短髮，灰藍色眼眸。多半時候給人嚴峻、沉思的感覺，笑起來卻有點孩子氣，只是他不常笑。他左眼附近有輕微的神經性抽搐，工作太勞累或喝太多酒之後，會更明顯。他登上飛機時，那抽搐就非常明顯，因為撤離前那一天一夜，他都忙著打包行李和銷毀文件。他累癱了，也非常慶幸自己順利完成，搭上邦主的豪華專機，而不是擁擠的運輸機。飛機升空時，他放縱地躺在圈椅裡。他不排斥艱鉅任務，卻也希望享受小小的安逸做為補償。他可以愉快地忍受前往撒馬爾罕的艱辛路程，從倫敦去巴黎時，卻願意花光口袋裡最後十英鎊去搭金箭號豪華列車。

飛行一個多小時後，馬林森說他覺得機師飛的不是直線。馬林森就坐在最前面，是個二十多歲的年輕人，臉色紅潤，聰明有餘才學不足，兼具公學[10]畢業生的侷限與優點。他會被派到巴斯庫爾，主要是因為沒有通過一項考試。康威跟他共事已經半年，開始喜歡這個人。

在飛機上交談太費力，康威不想多說。他懶洋洋地睜開眼睛說，不管飛機走什麼航線，飛行員應該都心裡有數。

半小時後，康威在疲勞和引擎嗡鳴聲雙重作用下幾乎睡著，馬林森又吵醒他。「康威，我們的飛行員不是費納嗎？」

「難道不是？」

「那小子剛才轉過頭來，我發誓他不是。」

「隔著那塊玻璃板，很難看得清。」

「費納那張臉化成灰我都認得。」

「喔，那應該是別人，我不覺得這很重要。」

「可是費納跟我確認過他會開這架飛機。」

10. 英國公學（public school）是私立的精英學校，多半招收上層階級與中產階級子弟。

「他們多半改變主意，派他開另一架。」

「那這人又是誰？」

「親愛的馬林森，我怎麼會知道？你該不會以為我認得空軍所有飛官吧？」

「我認識很多，卻沒見過這個人。」

「那他應該是你不認識的少數人之一。」康威笑了笑，又說，「我們很快就到白沙瓦，那時你可以跟他認識，好好了解他。」

「這樣下去我們根本到不了白沙瓦。那人完全偏離航線。這我不意外，飛得這麼高，他根本看不清自己在哪裡。」

康威沒放在心上。他習慣搭飛機，覺得稀鬆平常。再者，白沙瓦並沒有他迫切要做的事，也沒有迫切想見的人，所以這段航行花四小時或六小時，他一點也不在乎。他未婚，沒有人在目的地溫柔地迎接他。他有朋友，其中幾個可能會邀他去俱樂部喝杯小酒，那確實挺愉快的，卻也不至於讓人翹首盼望。

過去這十年雖然不算十全十美，也同樣愉快，回想起來卻也不至於念念不忘。用氣象學術語來說，那段時間他的人生是多雲時晴、越來越不穩定。整個世界也是。他想起巴斯庫爾、北平[11]、澳門和其他地方。他經常換工作地點，其中最遠的是牛津，戰後在那裡當過兩年教員，教導東方歷史，在採光良好的圖書館呼吸著塵埃，騎著自行車在商店街漫遊。那幅景象令他懷念，卻並沒有攪動他的心境。某種意義上，他覺得那些他沒有走上的人生路，也是他人生的一部分。

胃部一陣熟悉的翻攪告訴他，飛機正在下降。他想取笑馬林森的急躁，原本也可能這麼做，可是馬林森突然跳起來，腦袋撞上機艙頂部，吵醒在狹窄走道另一邊打盹的美國人巴納德。馬林森看向窗外，大喊，「天哪！看看底下！」

康威看了。如果說他預期看到什麼，那絕不是底下的情景。下面沒有依幾何圖形排列的整齊營區，也沒有巨大的矩形停機棚，只有被烈日烤焦的遼闊荒蕪，隱藏在雲霧下。飛機雖然快速下降，卻仍然處在罕見的飛行高度。底下依稀看得見高低起伏的綿延山脊，跟飛機的距離可能比那些在雲霧中若隱若現的山谷近一千六百公尺左右。這是典型的邊境景觀，只是康威從來沒有在這個高度俯瞰過。令他詫異的是，白沙瓦附近好像沒有這樣的地方。他說，「我不知

11. 即現今北京市。一九四五年中華人民共和國入主北平，正式改名北京。

道這是哪裡。」他不想驚動其他人，所以又悄聲對馬林森說，「看來你說得沒錯，那人迷路了。」

飛機以驚人的速度向下俯衝，氣溫也越來越炎熱：底下的焦土像突然打開的烤爐。一座座山峰矗立在地平線上，形成鋸齒狀剪影。飛機沿著彎曲的河谷飛行，河谷底部亂石堆疊，也有枯竭河道的殘跡，像是布滿堅果殼的地板。機身令人不適地在亂流裡顛簸彈跳，就像怒濤中的小艇。四名乘客不得不緊抓自己的座椅。

美國人嘶啞地叫嚷，「他好像打算降落！」

馬林森反駁，「不可能！如果他有這種想法，那他一定瘋了！飛機一定會墜毀，然後……」

但飛行員確實降落了。山溝旁有一小片清理出來的空地，飛機在高超技巧操縱下，跌跌撞撞停下來了。不過，之後發生的事讓人更困惑不解，也更惴惴不安。一群蓄著大鬍子、戴頭巾的部落男子從四面八方過來，將飛機團團圍住，除了飛行員，沒有人能下去。飛行員爬出機艙踏上地面，振奮地跟那些人交談。很明顯，那人非但不是費納，更不是英國人，或許甚至不是歐洲人。

在此同時，一桶桶汽油從附近的儲存處被送過來，倒進容量超大的油箱。四名受困的乘客大聲喊叫，對方的回應卻是得意的笑容與沉默的無視。只要意圖踏出飛機，立刻被二十把步槍制止。康威聽得懂一點普什圖語，費盡唇舌跟那些人交涉，卻徒勞無功。另外，不管他用什麼語言跟飛行員溝通，對方都只是大動作揮舞左輪手槍。正午的烈陽炙烤著機艙外殼，機艙內部悶熱難當，高溫加上費力的叫嚷，四名乘客幾乎暈厥。他們無力反抗，因為撤離時規定不能帶武器。

油箱蓋終於擰緊，一只裝滿溫水的汽油桶從窗子遞進機艙。沒有人回答問題，不過那些人好像也沒有表現出惡意。飛行員又跟他們聊了幾句，才爬進駕駛艙。有個普什圖人費力地轉動螺旋槳，飛機重新啟程。空地面積不大，又多了汽油的重量，起飛因此比降落更講究技巧。飛機沖天而起，闖進朦朧的雲霧裡，而後轉向東方，像在設定航線。那時已經是下午過半。

這事也太怪異，讓人摸不著頭腦！氣溫逐漸下降，四名乘客精神恢復了些，幾乎不敢相信剛才的事都是真的。簡直令人髮指，在他們的印象中，邊境即使動亂頻仍，也不曾發生過類似事件，沒聽說過任何先例。如果事情不是發生在自己身上，他們根本不敢相信會有這種事。不可置信之後自然而然是憤慨，等怒氣耗盡，就是心急如焚的猜測。馬林森提出他的推論：對方擄人是為了勒贖。由於再也沒有別的說法，眾人輕易就接受了。這不是什麼新鮮事，只不過這種特殊手法前所未見。得知這種事並不是史無前例，他們稍感安慰，畢竟以前也有人被綁架，其中很多人都平安脫困。那些人會把他們關在山區某個巢穴，等政府付了贖金，就會放他們走。肉票不至於受苛待，也不必掏腰包付贖金，所以整件事最不愉快的，是受困過程。當然，之後空軍會派轟炸機中隊過來。你會順利脫身，得到一段足以誇口後半生的精彩故事。馬林森陳述他的推論時有點緊張，美國人巴納德卻選擇插科打諢。他說，「各位，某人一定覺得這是個精妙論點，可惜我看不出來貴國空軍有多麼威武。你們英國人老愛拿芝加哥持槍搶劫之類的案子說笑，但我印象中沒有哪個持槍歹徒把山姆大叔[12]的飛機開走。對了，我想知道那傢伙把真正的飛行員怎麼了。大概狠狠揍了一頓。」他打了個哈欠。他是個肥胖的大塊頭，幾經風霜的臉龐布滿和善的笑紋，沒有被欲振乏力的贅肉掩蓋。巴斯庫爾沒有人清楚他的來歷，只知道他來自波斯，好像跟石油業有點關係。

這時康威忙著做一件非常務實的事。他收集了他們手上所有紙張，用各種當地語言寫下信息，每隔一段時間拋出窗口。在這種人煙稀少的鄉野，求救希望渺茫，但還是值得一試。

第四名乘客布琳洛小姐端坐著，雙唇緊閉，背脊挺直，沒說什麼話，也沒有抱怨。她個子嬌小，頗有韌性，那副模樣像是被迫參加派對，並且不太贊同派對上的一切。

康威的話比另外兩名男士少，因為把求救信息譯成各種當地語言相當耗神，需要集中注意力。不過，如果有人向他提問，他還是會回答，暫時也同意馬林森的理論。某種程度上，他也不否認巴納德對空軍的責難。「當然，現在我們大致可以猜到事情是怎麼發生的。當時現場忙亂不堪，只要穿上飛行服，很難分得清誰是誰。一個人穿著合適的服裝，表現得輕車熟路，沒有人會懷疑他的身分。何況這個人**肯定**是內行人，懂得那些信號之類的。很顯然，他也會

12. Uncle Sam，美國的綽號兼擬人化形象，是美國畫家弗列格（James Montgomery Flagg，一八七七～一九六〇）最知名的作品，一九一七年出現在第一次大戰的徵兵海報上。

開飛機。不過我同意你的話，必須有人為這件事負責。而且你可以放心，肯定會有，只是，我認為那人也算無妄之災。」

巴納德說，「先生，你能從正反兩面看待問題，令我敬佩。這樣的心態非常正確，雖然你現在被迫搭飛機兜風。」

康威心想，美國人很擅長用屈尊俯就的口吻說些不冒犯人的話。他寬容地笑了笑，沒有再開口。他太疲倦，再多的危險都顧不得了。接近傍晚時，巴納德和馬林森為某件事爭執不下，找他仲裁，發現他已經睡著了。

馬林森說，「他筋疲力竭了。也難怪，過去這幾個星期太難熬。」

巴納德問，「你是他朋友？」

「我們都在領事館工作。據我所知，他已經四個晚上沒闔眼了。事實上，跟他一起碰上這種倒楣事，算我們走運。他除了懂這裡的語言，跟人周旋也有一套。如果說有哪個人能幫我們脫困，那一定是他。大部分的事他都能從容應對。」

巴納德認同，「那就讓他睡吧。」

布琳洛小姐難得發表意見，「他**看起來**非常勇敢。」

康威卻沒那麼確定自己非常勇敢。他因為身體疲累閉目養神，卻沒有真正入睡。他聽得見、也感覺到飛機的所有動靜，聽到馬林森對他的讚揚，心情相當複雜。那一刻他生起疑慮，因為他的胃一陣緊縮，是身體面對令人不安的心靈審視產生的反應。過去的經歷讓他充分明白，他不是那種為冒險而冒險的人。有時他也享受一定程度的冒險，那種興奮感可以清除倦怠的情緒，但他一點也不喜歡身陷險境。十二年前他在法國打壕溝戰，開始厭惡危險，有好幾次逃過死劫，正是因為不願意憑一腔蠻勇去做明知不可為的事。就連他獲頒十字勳章，靠的也不是以身犯險，而是歷經磨難培養出來的耐力。大戰之後，他面對危險時越來越覺得索然無味，除非能讓他體驗到額外的興奮與欣喜。

他仍然閉著眼睛。聽見馬林森的話，他覺得感動，卻也有點沮喪。他遇事時的鎮定好像注定被誤認為勇氣，然而，與其說那是英雄氣概，不如說是淡漠。在他看來，他們都處於無可奈何的窘境，不管前方潛藏著什麼樣的麻煩，他感受到的並不是滿腔的膽氣，而是強烈的厭惡。比如那位布琳洛小姐，他已經預見，到了某個關頭，他採取行動時必須假定因為她是女性，所以比其他所有人加起來都重要。想到這種差別待遇也許無法避免，他不禁有些退縮。

然而，等他露出清醒的跡象，卻是最先對布琳洛小姐說話。他發現她不年輕也不漂亮，這些都不是優點，但在他們可能要面對的困境中，卻非常有利。他也為她感到遺憾，因為他覺得馬林森或巴納德都不喜歡傳教士，尤其是女傳教士。他本人倒是沒有偏見，但他擔心她因為不常接觸到這種開放態度，會更不知所措。他靠近她耳邊說，「我們好像落入詭異的困境裡，不過我很高興妳能保持冷靜。我真心覺得我們不至於發生可怕的事。」

她答，「我相信只要你能阻止，就不會發生。」這話並沒有安慰到他。

「如果我們能做點什麼讓妳更舒適點，請務必告訴我。」

巴納德聽到這句話，粗聲粗氣重複道，「舒適？嗯，當然，我們很舒適，正在享受這段旅程。可惜沒帶紙牌，不然可以打幾局橋牌。」

康威不喜歡橋牌，卻欣賞巴納德的心態。他笑著說，「布琳洛小姐應該不打橋牌。」

但布琳洛小姐立刻回過頭來反駁，「我打橋牌，我從來不認為紙牌有什麼不好。《聖經》並沒有反對玩紙牌。」

眾人都笑了，彷彿在感謝她給的下台階。康威暗想，至少她沒有歇斯底里。

整個下午，飛機穿梭在高空的薄霧裡，離地太遠，看不清底下的景物。每隔很長一段時間，雲霧的面紗被撥開，露出崎嶇的山峰，或不知名溪流的粼粼波光。他們可以依據太陽的位置粗略判斷航行方向，仍然往東走，偶爾轉而朝北。至於飛機到了什麼地方，這取決於飛行速度，康威無法準確判斷。但不難看出這段航程已經耗掉不少汽油，當然，這點同樣取決於各種不確定因素。康威對飛機了解不多，卻可以確定，不管那個飛行員是什麼人，都是個行家。飛機在那座礫石遍地的山谷降落，以及之後發生的一切，已經充分證實這點。再者，他對首屈一指、無可置疑的能力格外敏銳，他現在就有這種感覺。他太習慣旁人向他求助，此刻即使未來不可預測，光是知道有個人既不會、也不需要他的協助，就感到一絲心安。但他並不期待同伴也體驗到這種奧妙的心緒，他看得出來他們焦慮的理由可能比他多得多。比如馬林森，他在英格蘭有個未婚妻；巴納德可能已經成家；布琳洛小姐有她的工作，或者志業，隨她怎麼認定。順帶一提，馬林森是到目前為止最不平靜的，隨著時間過去，顯得越來越容易激動，不久前還讚揚康威遇事鎮定，現在卻一直當面埋怨康威太冷靜。有一回，引擎的轟鳴聲中傳出激烈的叫嚷，馬林森憤怒地大吼，「難道我們就這麼乾坐著發呆，由著那個瘋子為所欲為？有誰攔著我們砸了那塊玻璃隔板、把問題解決了嗎？」

康威答，「沒有人攔著，只不過他有武器，我們沒有，而且事後我們都不知道該怎麼讓飛機降落。」

「那肯定不難，我敢說你辦得到。」

「親愛的馬林森，為什麼你總覺得**我**能創造奇蹟？」

「不管怎樣，我快受不了了。我們不能逼那傢伙降落嗎？」

「你有什麼好辦法？」

馬林森越來越煩躁。「他就在**那裡**，不是嗎？離我們不到兩公尺。我們三個對他一個！我們只能一直盯著他該死的後背嗎？至少可以想辦法逼他說出他的計畫。」

「好吧，那就試試。」康威向前走了幾步，到達機艙和駕駛艙之間的區域。駕駛艙在機艙前方，位置比較高。那裡有一道玻璃隔板，將近四十平方公分，可以向側邊拉開。飛行員只要轉過頭來，上身稍微向下彎，就能跟乘客溝通。康威彎起指節敲敲玻璃板。飛行員的反應幾乎跟他預期一樣滑稽。玻璃板滑向一邊，手槍的槍管伸出來。不發一語，只有動作。康威後退，沒有多做爭辯，玻璃板重新關上。

馬林森目睹剛才那一幕，並不太滿意，說道，「我不認為他敢開槍，他可能在嚇唬人。」

康威贊同。「的確可能，但我寧可把求證的機會留給你。」

「我真的覺得我們至少該做點反抗，不能就這麼乖乖屈服。」

康威理解他。他知道那些傳統，圍繞著穿紅色制服的軍人和學校的歷史課文，強調英國人無所畏懼，永不投降，戰無不克。他說，「打一場勝算不高的仗不是明智之舉，我不是那種英雄。」

巴納德熱忱地說，「這樣很好，先生。受制於人的時候，不妨愉快地讓步，大方承認。以我個人來說，我要趁還有一口氣在，享受生命，抽根雪茄。這點額外的風險應該對我們影響不大吧？」

「我無所謂，但布琳洛小姐可能會介意。」

巴納德迅速補救。「抱歉，女士，你介意我抽雪茄嗎？」

她和善地答，「一點也不。我自己不抽，卻喜歡雪茄的味道。」

康威覺得，能做出這番回應的女性之中，布琳洛小姐是最典型的一個。總之，馬林森激動的情緒和緩下來，為了表達善意，康威遞給他一根菸，只是自己並沒有抽。他溫和地說，「我了解你的心情，我們的前景不看好，從某些角度來說更糟糕，因為我們一點辦法也沒有。」

康威心裡想的卻是，「從另一些角度來看則是更好。」因為他還是極度疲累。他的天性有一種特質，人們可能會說那是懶惰，其實不盡然。必要的時候，沒有人比他更能勝任艱鉅的工作，沒有人比他更能承擔職責。但他還是欠缺行動的熱情，也不喜歡承擔責任。工作上如果有艱難的任務和需要承擔的責任，他會不遺餘力去做。但如果其他人也能勝任，或能做得更好，他隨時樂意讓賢。顯然因為這樣，他在職務上的成就才沒有達到他應有的高度。他沒有太大野心，不會踩著別人往上爬。得不到成果的時候，也不會刻意裝得事不關己。他發出的公函有時太過簡潔，幾乎有點無禮。他在緊急狀況下表現出的平靜雖然令人欽佩，卻常被人懷疑太實誠。上位者喜歡認定部屬懂得自我鞭策，喜歡覺得部屬表現出來的淡漠只是一層偽裝，以便給自己披上良好教養的外衣。以康威來說，偶爾有人會明裡暗裡揣測他，好像他真的像外表看上去那麼波瀾不驚，好像不管發生什麼事他都不在乎。只是，這跟他的懶惰一樣，也是片面的解讀。他身上有種特質大多數人都看不出來，事實上簡單得不可思議，那就是喜愛寧靜、沉思與獨處。

此刻，他太想睡覺，也沒別的事可做，於是重新躺回圈椅，真的睡著了。醒來的時候他發現，其他人雖然各有各的憂慮，也都安分了。布琳洛小姐閉著眼睛直挺挺坐著，像某種光彩黯淡的陳舊神像。馬林森上身前傾坐著，單手手掌托著下巴。美國人甚至在打鼾。康威心想，都很理智，沒有必要大呼小叫累壞自己。但他很快意識到身體的異樣感受，有點暈眩，心臟怦怦跳，總想用力大口吸氣。這種情況以前出現過一次，在瑞士的阿爾卑斯山。

他轉頭望向窗外。周遭的天空已經徹底澄淨，在向晚的天光裡，眼前的景象瞬間奪走他肺葉裡僅存的空氣。在遠處，就在視線的盡頭，是連綿不絕的皚皚峰頂，點綴著一道道冰河，看上去彷彿飄浮在無邊的雲海上方。那些雪峰占據地球的圓弧，在西方與地平線融為一體。那裡的天際氣勢凌厲，色彩幾乎太過鮮麗，像半瘋癲的天才藝術家筆下的印象派布幕。此時此刻，在這磅礴的舞台上，飛機嗡嗡飛越深淵，前方是純白的崖壁。那崖壁彷彿是天空的一部分，只在被陽光照射到時，壁面才會乍然亮起，白光熾盛，光彩奪目，就像在米倫[13]小鎮看見的少女峰，十幾座堆疊在一起。

康威不是個容易被打動的人，通常也不在意「美景」，尤其是市政當局體貼地提供休閒座椅的知名景點。曾經有人帶他去印度大吉嶺附近的虎丘觀賞聖母峰的日出，他對那座世界最高峰非常失望。但此時窗外的驚人景象完全是另一個層次，它沒有擺出要人仰望的姿態，那些冷峻嚴酷的冰崖原始且驚悚，像這樣靠近它們會是無禮冒犯。他思索著，腦海裡觀想著地圖，核算距離，評估時間與速度。這時他發現馬林森也醒了，於是碰了碰對方手臂。

13. Mürren，位於瑞士中南部的小山村，群山環繞，可以看見艾格峰（Eiger）、僧侶峰（Mönch）和少女峰（Jungfraus），有瑞士最美小鎮之稱。少女峰是瑞士阿爾卑斯山脈的知名山峰，有歐洲屋脊之稱。

第二章

依照康威的典型作風，他會讓其他人睡到自然醒，再簡單回應他們的各種震驚話語。但後來巴納德詢問他的意見時，他卻像大學教授剖析問題般，以超然的流利言辭陳述他的看法。他說，他們可能還在印度境內，飛機已經向東飛了幾小時，但飛得太高，能看到的不多，可能沿著一條大致東西走向的河谷前進。「可惜我只能憑記憶回想，不過印象中這裡可能是印度河上游的河谷。如果是的話，現在我們應該來到一個非常壯麗的地區。你也看到了，確實如此。」

巴納德又問，「那麼你知道我們在哪裡？」

「那倒不是，我沒來過這一帶。如果我猜得沒錯，那座應該是南迦帕巴峰，也就是馬默里[14]喪命的地方。它的結構和走勢跟我聽說過的大致相同。」

「你是登山家？」

「我年輕時熱愛登山，當然，主要都走瑞士那些尋常路線。」

馬林森急躁地打岔，「現在更重要的是討論我們往哪裡去？真希望有人能告訴我們。」

巴納德說，「看來我們正朝那條山脈前進，康威，你覺得呢？原諒我直接喊你名字。但既然我們大家要一起歷險，實在沒必要太拘禮。」

康威覺得別人直呼他名字是很自然的事，巴納德為這種事道歉未免多此一舉。他答道，「那是當然。」又說，「那邊應該是喀喇崑崙山。如果那位兄弟打算越過那座山，有幾條路可以選擇。」

馬林森大聲說，「那位兄弟？你該說那個瘋子！到這時該看得出來這不是綁架了。我們已經遠遠越過邊境，沒有任何部落定居在這附近。如今我只想得到一個理由：那傢伙是個不折不扣的瘋子。除了瘋子，有誰會飛到這種荒郊野嶺？」

巴納德回嘴道，「這種事只有最高超的飛行員辦得到。我地理不好，卻知道這些都是世界上數一數二的山峰。如果真是這樣，越過那些高山可算是一流的飛行表演。」

布琳洛小姐出其不意地說，「同時也是神的意志。」

康威沒有表達意見。不管是上帝的意志或人類的瘋狂，在他看來，想要為世上大多數事情找理由，只要從這二者擇其一就可以。他打量井然有序的機艙內部，又看看窗外粗獷狂野的自然景觀，心想，或者相反，是人類的意志或上帝的瘋狂。能確知該從哪個角度去解讀，應該是很開心的事。當他望著窗外思索，奇妙的變化發生了。整片山區上方的光線轉為偏藍色調，海拔較低的山坡則是比較深沉的紫羅蘭色。他內心生起某種感受，比平時的疏離更深刻，稱不上是興奮，更不是懼怕，而是一種強烈的期待。他說，「巴納德，你說得沒錯，這件事越來越不尋常。」

馬林森依然故我。「管它尋不尋常，我一點都不感恩戴德。我們沒有拜託誰帶我們過來，天知道我們到了**那裡**又該怎麼辦，不管**那裡**是哪裡。另外，那傢伙是個高竿的飛行員，不代表我們不該生氣。就算他技術高超，他仍然可能

14. 馬默里（Albert F. Mummery，一八五五～九五），英國登山家，一八九五年率先嘗試攀登喜馬拉雅山脈最西端的世界第九高峰南迦帕巴峰（Nanga Parbat），可惜壯志未酬。

是個瘋子。我聽說過有個飛行員在半空中發狂，這傢伙肯定從一開始就瘋了。康威，這就是我的看法。」

康威沉默不語。他不喜歡在震耳欲聾的引擎聲中持續扯著嗓門說話，再者，爭辯無法確知的事一點意義都沒有。不過，馬林森催促他表達意見時，他說，「是個非常有條理的瘋子。別忘了中途降落加油的事，還有，當時只有這架飛機可以飛到這種高度。」

「這不能證明他沒瘋。他能謀劃這些事，精神八成已經不正常了。」

「當然，有此可能。」

「那好，我們必須商量個行動計畫。他降落的時候我們該怎麼做？我是說，如果他沒有搞出空難害死我們大家的話。那時我們要怎麼做？趕上前去稱讚他非凡的飛行技術嗎？」

巴納德說，「休想。你一個人趕上前去就夠了。」

康威再次感到厭煩，不願意再討論下去，尤其美國人還有心情說風涼話，好像完全能應付這些口舌之爭。康威又想到，他們這群人的組合實在相當幸運了，只有馬林森脾氣暴躁了點，而這可能只是因為高海拔。稀薄的空氣造成的影響因人而異，以康威為例，他體驗到的是精神上的澄明和身體上的遲鈍，稱不上不愉快。事實上，那清新的冷空氣帶給他陣陣滿足感。當然，眼下的情勢糟糕至極，但現階段他沒有心力怨恨這樣一件無法扭轉又耐人尋味的事。

他凝視那座巍峨的高山時，一份愉悅點亮他的內心，因為世上還存在這樣的地方，遠離塵囂，無法抵達，杳無人跡。喀喇崑崙山的冰壁此時映襯著北方深灰色的陰沉天空，比任何時候都更光輝燦爛。那些山峰閃耀著冷冽的微光，十足威嚴與高遠，因為不曾命名，更顯莊重自持。它們比那些舉世聞名的高峰矮了幾百公尺，或許從此免除被攀登的命運，因為對於志在創紀錄的人，它們少了點誘惑。康威跟那種類型的人恰恰相反，對於西方盛讚的至高至上，他往往看到的是粗俗。在他看來，比起「付出多少收穫多少」，「竭盡全力追求極致」似乎少了理智，多了庸俗。事實上，他不喜歡過度的奮鬥，世俗的功績與成就，他只覺得索然無味。

他凝望窗外的景象時，暮色降臨，黑絲絨般的幽暗夜色籠罩深谷，又像染料似地向上潑灑。這時，整條山脈好像距離更近了，色澤淡化成清新的光彩。一輪圓月升起，像天國的點燈人似地，接連碰觸一座座山頭，直到長長的地平線在深藍色天空中閃耀。氣溫下降，風勢增強，飛機被吹得搖擺晃盪。這些新增的苦惱導致乘客們情緒低落。他們沒想到天黑以後飛機還能繼續飛行，如今最後的希望就是等汽油耗盡，想來不需要再等太久。馬林森再次提出這個問題，康威真的不知道答案，所以不太願意回答。不過，他還是說他估計加滿油後最遠可以飛一千六百公里，而他們現在想必已經走過大部分路程。馬林森鬱悶地問，「那麼這樣的距離會帶我們到哪裡？」

「很難說，但可能是西藏某個地方。如果這裡是喀喇崑崙山，那麼再過去就是西藏。對了，其中一座山峰應該是喬戈里峰[15]，一般認為是世界第二高峰。」

巴納德說，「僅次於聖母峰。天哪，這景色可真壯觀。」

「在登山家眼裡比聖母峰陡峭得多，阿布魯齊公爵[16]判定登頂絕無可能，選擇放棄。」

「天啊！」馬林森不耐煩地發牢騷。巴納德卻笑著說，「康威，你八成是這段旅程的官方嚮導。不得不說，只要能來點咖啡白蘭地，我才不在乎那是西藏或田納西。」

馬林森再度催促，「那我們到底要怎麼做？我們為什麼來到這裡？到底有什麼意義？我不明白你怎麼能拿這種事開玩笑。」

「年輕人，難道大鬧一場會比較好？再者，如果那人如你所說真是瘋子，他這麼做多半**沒什麼**意義。」

「他**一定**瘋了，我想不出還有什麼理由。康威，你說呢？」

康威搖搖頭。

布琳洛小姐轉過頭來，那神態彷彿看戲中場休息時轉頭跟鄰座閒聊。她用尖銳的嗓音說著謙和的話語：「或許我不該表達意見，畢竟你沒有問我。不過我同意馬林森先生的話，那個可憐人頭腦一定不太對勁。當然，我指的是飛行員。不管怎樣，如果他**沒有**發瘋，這種行為就不可原諒。」她又在轟隆聲中大聲補充，「你們知道嗎，這是我第一次搭飛機！第一次！以前也有朋友千方百

15. Chhogori，位於中國與巴基斯坦邊境，海拔八六一一公尺，又稱K2。

16. Duke of Abruzzi（一八七三～一九三三），西班牙探險家兼登山家，一九〇九年挑戰K2，攀登到六二五〇公尺的高度。

計想說服我從倫敦搭飛機去巴黎，但我無論如何都不答應。」

「現在妳卻從印度飛往西藏，果然世事難料。」

她接著說，「我認識一個去過西藏的傳教士，他說西藏人怪得很，他們相信人類的祖先是猿猴。」

「可真聰明。」

「哎呀，不是，我指的不是現代那種說法。他們這種觀念已經幾百年了，算是他們的迷信。當然，我一點都不贊同那種觀點，而且我覺得達爾文比西藏人糟糕得多。我堅定地相信《聖經》。」

「所以妳是基要派[17]？」

但布琳洛小姐好像不知道什麼是基要派。「我以前屬於倫敦會，不過在幼兒洗禮方面我跟他們見解不同。」

康威想到「倫敦會」指的是「倫敦傳道會」，之後很長一段時間，他都覺得這番話相當滑稽。他在腦海裡想像著在倫敦尤斯頓車站跟人探討神學議題的不便，慢慢覺得布琳洛小姐這個人蠻有趣的。他甚至考慮晚上要不要把衣服借給她禦寒，最後判定她的身子骨說不定比他更硬朗，於是蜷縮起身子，閉上眼睛，很快就安詳地進入夢鄉。

飛機繼續前進。

機身猛然傾斜，把他們全都驚醒。康威的腦袋撞上窗子，一陣頭昏眼花。飛機又歪向另一邊，他被甩到兩排座椅之間掙扎。氣溫又低了許多。他做的第一件事，是下意識地看手錶，一點半，他應該睡了一段時間。他聽見響亮的拍擊聲，原本以為是幻覺，後來才發現引擎已經熄火，飛機正逆著狂風衝刺。他望向窗外，看見地面已經相當接近，在底下急速後退，是一片隱約模糊的蝸牛灰。馬林森大喊，「他要降落了！」同樣被甩出座椅的巴納德憂鬱地說，「如果他運氣好的話。」布琳洛小姐在這場動盪中表現得最沉著，這時正從容不迫地調整頭上的帽子，彷彿多佛港已經在望。

飛機觸及地面，只是這回的降落有點蹩腳。在那撞擊與搖晃的十秒裡，馬林森緊抓著座椅哀號，「哦，我的天，真差勁，差勁得要命！」他們聽見物

17. Fundamentalist，基督教派別，又譯原教旨主義，強調《聖經》無誤論，嚴格遵循原初、根本與正統信條。

品緇緊後斷裂的聲音，然後一只輪胎爆了。馬林森又用悲觀的語調痛苦地說，「完了！尾橇斷了，我們只能留在這裡了。」

面對危機時康威向來沉默寡言，他伸了伸僵硬的腿，摸一下腦袋撞上窗子的地方。只是瘀傷，沒什麼要緊的。他必須做點什麼幫幫這些人。可是飛機停穩後，他是最後一個站起來的。馬林森猛力扭開機艙門，準備跳到地面時，他對他喊道，「當心！」在相對的寂靜中，馬林森的回答詭異地傳過來：「不需要當心，這地方根本就像世界盡頭，附近連個鬼影子都沒有。」

片刻後，他們冷得直哆嗦，也都發現馬林森說得沒錯。除了獵獵風聲和他們自己嘎吱嘎吱的腳步聲，沒有任何聲響。他們覺得自己沉浸在一股陰鬱無情的愁思中，那種情緒鋪天蓋地將他們淹沒。月亮好像躲進雲層裡，星光照亮隨著狂風起舞的廣大虛空。不需要憑藉思考或知識，也能猜得出這片荒涼世界在高山上，而聳立在這片荒漠上的，是山巔上的山。其中一條山脈在遠方的地平線上閃閃發亮，像一排犬齒。

馬林森興奮地摩拳擦掌，已經朝駕駛艙去了。他嚷嚷著，「不管那傢伙是誰，到地面上我就不怕他了。我現在就去對付他……」

其他人憂心忡忡地看著，被他展現的幹勁驚呆了。康威大步追上去，可惜攔不住。不過，幾秒後馬林森又下來了，抓住康威的手臂，用沙啞的嗓音低聲說，「康威，太奇怪了……那傢伙好像病了，或死了……」一句話都說不出來。上來看看……我拿了他的手槍。」

康威說，「最好把槍交給我。」雖然撞擊後的腦袋還暈沉沉，他還是打起精神準備行動。他覺得，此時此刻的時機、地點和情勢，可說是最令他嫌惡的組合。他僵硬地挺直身子，直到勉強可以看進駕駛艙。裡面有濃濃的汽油味，所以他沒有貿然點亮火柴。他依稀看見飛行員弓身向前，腦袋趴在控制台上。他搖了搖那人，摘下他的頭盔，解開他衣領的鈕釦。片刻後他轉身說道，「沒錯，他情況不對，我們得把他弄出去。」如果有旁觀者在，會覺得康威的樣貌也跟早先不同。他的嗓音更尖銳，更犀利，先前那股深刻的不確定感徹底消散。這種時間和地點，外在的寒冷和他身體的疲累，此刻已經沒那麼重要，眼前有個任務等著處理，而他更傳統的那一面目前占上風，準備迎難而上。

在巴納德和馬林森的協助下，他們把飛行員從座椅上抬出來，放在地上。那人只是昏迷，沒有死。醫學方面的知識康威懂得不多，但他在偏遠地區生活過，對疾病並不陌生。他俯身看著那不知名男子，做出診斷，「可能是高海拔引發的心臟病。在這種地方我們幫不了他什麼，這鬼哭神號的狂風，根本無處可躲。最好讓他待在機艙裡，我們也是。我們不知道這是什麼地方，天亮以前哪裡都去不了。」

其他人毫無異議接受他的判斷和建議，就連馬林森也贊同。他們把那人抬進機艙，讓他平躺在座椅之間的走道上。機艙裡並沒有比外面暖和多少，但至少擋住了陣陣狂風。過不了多久，強風就變成他們關注的重點，也就是說，成了這悲淒夜晚的主旋律。那不是尋常的風，不只是強風或寒風，而是某種棲息在他們周遭的狂暴，以領主之姿在自己疆域上跺腳咆哮。它將這滿載乘客的飛機吹得傾斜，劇烈地左搖右晃。康威瞥向窗外，覺得那風彷彿捲走了星辰的細碎光芒。

飛行員一動不動躺著，機艙空間幽暗狹窄，康威就著火柴光艱難地審視對方，可惜看不出個所以然。最後他說，「他的心臟很衰弱。」布琳洛小姐在手提袋裡一陣翻找，製造了小小的騷動。她恩賞似地遞出手上的物品，「不知道這東西對那可憐人有沒有用。我自己一滴都沒沾過，但隨身帶著，以防萬一。

這也算是『萬一』，對吧？」

康威冷峻地說，「可以算是。」他扭開瓶蓋聞了聞，把瓶裡的白蘭地往飛行員嘴裡倒了些。「正是他需要的東西，謝謝。」經過一小段時間，那人眼皮微微一動。馬林森忽然失控，爆出一陣狂笑，嚷嚷著，「我忍不住了。我們像一群該死的呆瓜，對著一具屍體不停擦亮火柴。而且他長得不好看，對吧？要我說，他肯定是中國佬。」

「有可能。」康威的語調平穩，而且相當嚴肅。「但他還不是屍體。運氣好的話，說不定能救醒他。」

「運氣好？那就會是他運氣好，不是我們。」

「別那麼肯定，總之先閉上嘴。」

馬林森雖然不太能控制自己，卻還沒完全脫離學生時期的習慣，願意聽從學長的簡慢命令。康威雖然同情他，卻更關心飛行員的急迫問題，因為這群人之中，只有他或許能為他們此刻的困境提供一點解答。康威一點都不想再對他們的處境多做揣測，一路上他們已經做過太多推論。現在他除了對當前謎團的好奇，還多了一份擔憂，因為他知道如今已經過了驚險刺激的階段，有可能演變成對忍耐力的考驗，最後慘烈收場。在這個狂風肆虐的夜晚，他徹夜保持清醒。眼前的狀況依然隱諱，因為他並沒有對同伴多說什麼。他猜想，他們早就越過喜馬拉雅山西側山脈，往更鮮為人知的崑崙山區前進。那樣的話，他們現在已經到了地表海拔最高、最不宜人居的區域，也就是西藏高原。這地方即使最低的谷地，海拔都有三千多公尺，是一片被強風吹襲的高地，廣袤無垠，杳無人煙，大多數地區都沒見過人類的足跡。他們就迫降在這荒涼地域的某個地方，處境比擱淺在任何無人島更為堪慮。周遭忽然出現某種令人心生敬畏的變化，彷彿要用更多謎團回答他的疑問。他以為躲在雲層背後的月亮，此時翻過某座陰暗山巔上緣，雖然沒有直接露面，卻揭開了前方的黑紗。康威依稀看見狹長的谷地，兩側看似悲涼的低矮圓丘，襯著透亮幽遠的深藍色夜空，烏黑似墨。但他的視線難以抗拒地投向山谷的源頭，一座高山從那裂隙拔地而起，在皎皎月華照耀下顯得莊嚴雄偉，他覺得那是世上最美的山巒。那是幾近完美的覆雪山頭，只顯現輪廓，彷彿出自孩童的畫筆，無法區辨它的大小、高度和遠近。它是那麼璀璨耀眼，那麼安然自適，他一度納悶它是不是真的存在。他凝神遠望之際，一小陣噴霧模糊了那錐體的邊緣，那景象彷彿有了生命，緊隨而至的雪崩轟隆聲確認它的真實性。

他有點想叫其他人一起觀賞那一幕，思考過後覺得那景象可能無法安撫人心。從常理來看，事實也是如此。這種原始的壯麗景觀只會突顯他們的孤立與危險。離他們最近的人類聚居地可能在百千公里外，而且他們沒有食物，除了那把手槍，沒別的武器。即使他們有人會開飛機，飛機也已經損壞，汽油也見底。他們的衣物不足以抵禦這裡的嚴寒與強風，馬林森的兜風外套和他自己的寬版長大衣都不太夠用，就連穿著羊毛衣裹著圍巾、一副要去極地探險的布琳洛小姐，恐怕也不會太開心（初見時他還覺得她的裝扮太可笑）。除了他自己，其他人也都受到高海拔的影響。就連巴納德也抵抗不了壓力鬱鬱寡歡。馬林森在喃喃自語，如果這場苦難拖得太久，不難想像他會出什麼問題。面對這麼令人苦惱的前景，康威忍不住投給布琳洛小姐一個讚賞的眼神。他在想，她不是個普通人，一個教阿富汗人唱聖歌的女人必定不同凡響。不過，在遭遇種種災禍之後，她還是一如既往地反常，他為此深深感謝她。他們四目相對的時候，他憐憫地問，「希望妳不會太難受？」

她答，「戰場上的士兵遭受的苦難比這嚴重多了。」

康威覺得這樣的對比沒什麼意義。事實上，他在壕溝裡從來沒有度過這麼難熬的夜晚，不過其他士兵可就未必了。他一直注意著飛行員，這時那人的呼吸不太順暢，偶爾輕微動一下。馬林森說他是中國人，也許沒猜錯。儘管他成功假扮英國空軍中尉，卻有典型的蒙古人鼻形和顴骨。馬林森認為那人長得醜，但康威在中國住過，覺得對方的相貌還算過得去。只不過，此刻在火柴的光亮中，他蒼白的膚色和張開的嘴巴並不美觀。

夜晚的時間過得極慢，彷彿每一分鐘都是某種笨重的實物，需要外力推動，才能為下一分鐘讓位。一段時間後月光變暗，遠處那座山的幽影也隨之消隱，緊接著黑暗、寒冷和狂風步步進逼，直到黎明。隨著晨曦出現，狂風彷彿收到信號，開始減弱，慈悲地把安寧還給世界。那座山又出現了，黯淡的三角形輪廓，起初是深灰，而後轉成淡銀。等到第一抹曙光躍上峰頂，又點染上粉紅。當黑暗逐漸退場，山谷也漸漸現形，顯露出鋪滿石塊與礫石、緩緩升高的河床。那畫面並不友好，但康威在眺望的時候，突然從中察覺到一份古怪的精緻感。那種感覺無關浪漫，而是一種剛硬的、近乎理智的特質。遠處那金字塔般的瑩白山峰像歐幾里德的幾何定理，淡漠地強索頭腦的認同。當朝陽終於出現在深濃飛燕草藍的天空裡，他幾乎回到先前近乎自在的狀態。

氣溫回暖了些，其他人也醒了。他提議把飛行員挪到空地上，乾燥的冷空氣和陽光或許能讓他甦醒。事情辦妥後，他們展開比較輕鬆的第二輪照護。最後那人睜開眼睛，斷斷續續說起話來。他的四名乘客俯身在他上方，專注地聽著那些不解其義的語音。只有康威例外，他偶爾回應對方。一段時間後那人變得更虛弱，說話越來越費力，終於嚥下最後一口氣，時間大約是上午十點左右。

康威轉身對同伴說，「很遺憾，他透露的訊息非常少。我是說，相較於我們想要知道的，不算多。他只說我們在西藏，這點很明顯。他沒有解釋帶我們來這裡的原因，但他好像知道這個地點。他說的是一種我不太熟悉的中國話，好像提到附近有個喇嘛寺，大概沿著河谷往前走，我們可以在那裡找到食物和住處。他說那地方叫香格里拉。在藏語裡，『拉』的意思是隘口，他再三強調我們一定得去那裡。」

馬林森說，「我不認為我們有理由照他的話做。畢竟他可能精神失常，不是嗎？」

「這點我們誰也說不準。只是，如果我們不去那個地方，又能去哪裡？」

「你想去哪裡都可以，我無所謂。我在意的是，這個香格里拉如果是在那個方向，肯定離文明又遠了幾公里。比起遠離文明，我更希望縮短跟它的距離。真該死！老哥，你不打算帶我們回去嗎？」

康威耐心地答，「馬林森，你好像還沒弄清楚當下的形勢。我們目前來到一個沒有人熟悉的地域，即使裝備完整的探險隊來到這裡，都是舉步維艱險象環生。我們四面八方幾百公里內可能都是類似環境，有鑑於此，我不認為我們能徒步走回白沙瓦。」

布琳洛小姐嚴肅地說，「我覺得我辦不到。」

巴納德點頭。「那麼，如果這個喇嘛寺拐個彎就到，我們就太走運了。」

康威贊同，「可以說相當幸運，畢竟我們沒有食物。再者，你們也看得出來，這地方顯然不適合生存。幾小時後我們就會挨餓。如果我們留在這裡，今晚就必須再次面對狂風和寒氣，那樣的前景可不樂觀。在我看來，我們唯一的希望就是找到其他人類。除了飛行員所說的那個地方，還有哪裡能找到？」

馬林森問，「萬一那是陷阱呢？」

巴納德給出答案：「一個溫暖舒適的陷阱，裡面放點乳酪，正適合現在的我。」

除了焦慮不安、精神緊綳的馬林森，大家都笑了。最後康威接著說，「那麼，我猜大家都不反對？河谷旁明顯有一條路，看起來坡度不大，但我們最好放慢腳步。不管怎樣，我們在這裡什麼都做不了。我們沒有炸藥，甚至沒辦法埋葬這個人。再者，喇嘛寺的人也許能幫我們提供回程的挑夫。我們需要他們的協助。我建議立刻啟程，傍晚以前如果找不到那地方，至少還有時間回到機艙裡再熬一晚。」

馬林森依然不肯妥協。「假如我們真的找到了呢？我們能保證不會被殺嗎？」

「不能。但我覺得那種風險比餓死或凍死更低，也更可取。」想了想，他覺得這種冷硬的邏輯可能不完全適合眼前的境況，又補充道，「事實上，佛教寺院裡幾乎不會發生謀殺這種事，可能性恐怕比在英格蘭主教座堂被殺更低。」

「就像坎特伯里的聖托瑪斯[18]。」布琳洛小姐點頭表示贊同，卻給康威舉了反證。馬林森聳聳肩，悶悶不樂地說，「好吧，我們出發去找香格里拉。不管它在哪裡，是什麼樣的地方，我們去找找。但願不需要爬上那座山的半山腰。」

他的話把大家的視線引向河谷源頭，在灼亮的日光下，那晶亮的錐體顯得十足莊嚴。接著他們瞪大了眼睛，因為他們看到遠處山坡上有幾個人，正朝他們的方向移動。布琳洛小姐低聲說，「神的旨意！」

18. Saint Thomas of Canterbury，本名托瑪斯・貝克特（Thomas à Becket, 一一一八～七〇），由於宗教立場跟英格蘭國王亨利二世不同，被亨利二世的四名騎士闖進坎特伯里主教座堂刺殺。

第三章

康威平時不管表現得多麼活躍，總有一個面向的他選擇當個旁觀者。等待那些陌生人走近的這段時間，他不肯跟其他人一起大驚小怪地考慮萬一發生這個或那個意外、他會或不會做點什麼。這不是勇氣或冷靜，也不是他對自己隨機應變能力無與倫比的信心。從最壞的角度來解讀，這是一種懶散，是不願意打斷他冷眼旁觀眼前事態的興味。

那些身影沿著河谷走下來，看起來大約十幾個人，抬著一把附有頂篷的轎椅。片刻之後，他們看見那轎椅上有個身穿藍袍的人。康威想像不出那些人打算去哪裡，但正如布琳洛小姐所說，這樣一群人在這個時間來到這裡，似乎確實是神的旨意。等對方來到近處，他走出自己的隊伍，迎了上去。他的腳步並不匆忙，因為他知道東方人享受會面的流程，喜歡慢慢品味。他在離對方幾公尺的位置停下，遵循應有的禮儀欠身鞠躬。令他驚訝的是，那個穿長袍的人從轎椅上下來，踩著莊重從容的步伐走過來，朝他伸出手。康威跟對方握手，發現那是個中國老人，或中老年人。花白的頭髮，沒有留鬍子，身上的絲質繡袍相當樸實無華。那人顯然也在打量康威。接著，他用精確、或許太過標準的英語說道，「我來自香格里拉的喇嘛寺。」

康威再次欠身，適當停頓之後，開始解釋他和三名同伴為什麼會來到這個人跡罕至的地域。中國人聽他說完，揮手表示理解，而後若有所思地望向那架毀損的飛機，說道，「確實非比尋常。」接著又說，「我姓張，希望有那份榮幸認識你的朋友。」

康威努力露出彬彬有禮的笑容。眼前的場景令他相當震驚：中國人說得一口流利英語，在西藏的荒野演示龐德街[19]的社交禮儀。他轉身看向其他人，這時他們都已經趕上來，各自帶著不同程度的詫異觀察眼前的交流。「這是布琳洛小姐……這是巴納德先生，他是美國人……這是馬林森先生……我姓康威。雖然這場偶遇跟我們來到這裡的過程一樣令人困惑，但我們也都非常高興認識你。事實上，我們正打算去你們的喇嘛寺，所以可說是雙倍幸運。如果你能給我們一點指引……」

「沒這個必要，我樂意為各位帶路。」

「這樣太麻煩你了。謝謝你的好意，但如果路程不遠……」

「不遠，但路不好走。能跟各位同行，是我的榮幸。」

「可是……」

「我必須堅持。」

康威覺得，在這樣的地方，這樣的情境下，再爭論下去未免流於荒誕。他說，「好吧，我相信我們大家都非常感激。」

馬林森一直陰沉地忍受這段你來我往的客套話，現在他用軍營裡慣見的強勢與凌厲打斷他們，唐突地說，「我們不會待太久。我們會支付一切費用，也希望雇用你們的人送我們出去。我們希望盡快回到文明世界。」

「你確定你已經離開文明世界？」

他提問的口氣雖然溫和有禮，卻只是刺激得馬林森更加尖銳。「我相當確定我離我想去的地方非常遙遠，我同伴也一樣。我們會感謝你的短期收留，更

19. Bond Street，倫敦知名購物街。

會感謝你協助我們回去。這裡到印度大約需要多久？」

「我真的沒辦法回答。」

「希望這方面不會有任何麻煩。我有過雇用在地挑夫的經驗，我們希望你能運用你的影響力，幫我們爭取公平價碼。」

康威覺得沒必要逞這些口舌之快，正準備介入，張就回應了，態度依然不卑不亢。「馬林森先生，我只能向你保證，你會受到應有的尊重，最終不會感到遺憾。」

「**最終！**」馬林森抓住這兩個字，大聲重複。不過，這場衝突輕易就化解，因為對方有人解開行囊，送上葡萄酒和水果。那群人都是體格健壯的藏族人，穿著羊皮衣和犛牛皮靴子，頭戴毛帽。葡萄酒十分香醇，不輸上等德國白葡萄酒。水果則有芒果，熟得恰到好處，對於久未進食的他們，好吃得叫人淚流。馬林森盡情大快朵頤，什麼也沒多想。康威暫時放下近憂，也不願意費心思考遠慮，正在納悶這種高海拔怎麼能種出芒果。他也對河谷另一邊那座山相當感興趣，不管用什麼標準衡量，那都是一座超塵絕俗的山峰。他不免好奇，到西藏一遊的旅行家必然發表遊記，為什麼沒有人提過它。他凝視那山峰，腦海裡想像著攀登的情景，沿著深谷與雪溝選擇路線，直到馬林森的叫喚將他拉回現實。他轉過頭去，看見那個中國人正專注地打量他。對方問道，「康威先生，你在凝望那座山？」

「是。它很美，應該有名字吧？」

「它叫卡拉卡爾山。」

「我好像沒聽說過，很高嗎？」

「超過八千五百公尺。」

「當真？我以為喜馬拉雅山脈之外沒有這麼高的山。經過嚴謹測量嗎？測量結果是誰提供的？」

「親愛的先生，你覺得會是誰？修行生活和三角函數不能相容嗎？」

康威琢磨對方的話，答道，「啊，一點也不，一點也不。」而後客氣地笑了。他覺得這個笑話不算有趣，卻值得細細品味。不久後他們動身前往香格里拉。

一整個早上他們都在爬坡，慢悠悠地，坡度也和緩。只是，在這種高度，他們走得十分費力，誰也沒有多餘的精力說話。那個中國人舒適地坐在轎椅上，原本會顯得欠缺紳士風度，只是，如果把布琳洛小姐放在那樣尊榮的畫面裡，又會顯得違和。康威比其他人更適應稀薄的空氣，正費力聆聽那些轎夫偶爾的閒談。藏語他懂得不多，只聽得出那些人很高興即將返回喇嘛寺。即使他想，也沒辦法再跟他們的首領說話，因為那人閉著雙眼坐在布簾裡，顯然深諳即時又適時入睡的技巧。

這時陽光和煦，雖然沒能吃飽喝足，至少解除了飢渴。空氣清新得彷彿來自另一個星球，每吸一口都更珍貴。他們必須有意識地、沉穩地呼吸，起初雖然不太適應，一段時間後卻感受到一股近乎至喜的寧靜。呼吸、走路與思考節奏統一，牽引整個身體的律動。肺臟不再獨斷獨行，開始服從紀律，跟心靈和四肢步調一致。在康威內心，神祕傾向與懷疑論奇妙地並存，此時他愉悅地思索那份感知。他輕鬆地跟馬林森閒聊一兩句，但馬林森累得氣喘吁吁。巴納德同樣上氣不接下氣，布琳洛小姐好像在跟她的肺部艱苦奮戰，不知為何不肯顯露出來。康威鼓舞她，「我們就快到山頂了。」

她答，「我曾經跑著追火車，那時就是這種感覺。」

康威心想，也有人覺得蘋果酒的味道跟香檳相同，那是鑑賞力的問題。

他心中詫異，因為除了困惑不解，他並沒有太多憂慮，對於自己的安危更是毫不擔心。生命中總有某些時候人會敞開自己的靈魂，正如夜晚的餘興節目儘管消費出乎意料地昂貴，卻因為出乎意料的新鮮感，人們會願意敞開荷包買單。在那個喘不過氣的早晨，康威看著前方的卡拉卡爾山，心甘情願地接納這場全新體驗，心情放鬆卻不激動。過去十年輾轉駐紮亞洲各地，如今不管走到哪裡，遇見什麼事，內心都不輕易起波瀾，但他相信這次的經歷不同往常。

沿著河谷前進大約三公里後，坡度變得陡峭。這時太陽已經被雲層遮蔽，銀白霧氣模糊了視野，上方的雪域傳來轟隆隆的雷鳴和雪崩聲響。空氣變冷，山區氣候多變，轉眼間已經陰寒刺骨。陣風裹挾著凍雨吹刮過來，一行人被澆得濕透，更是不舒服到極點。就連康威也一度覺得撐不下去了。但不久後他們好像到了山頂，因為抬轎椅的人停下來做了調整。巴納德和馬林森都在咬牙苦撐，行程因為他們一再拖延。西藏人顯然急於趕路，打手勢告訴他們接下來的路段會輕鬆一點。

得到這番安慰之後，眾人很快就失望了，因為西藏人正在解繩索。「他們這就想勒死我們了？」巴納德喘著氣絕望地打趣。但那些人很快以行動證明他們沒有邪惡意圖，只是要採用普通的繩隊攀登模式。他們發現康威擅長打繩結，對他的態度恭敬得多，也允許他照自己的方式安排整個隊伍。他把馬林森放在自己身邊，前後都是西藏人，巴納德、布琳洛小姐和其他西藏人在更後面。他發現，那些西藏人因為自己的領隊一直在睡覺，傾向讓他擔任代理領隊。他重新感受到一股熟悉的權威感：如果遭遇任何困難，他會盡全力拿出信心指揮調度。過去他曾經是一流的登山家，如今無疑寶刀未老。他半說笑半認真地對布琳洛小姐說，「妳要照顧好巴納德。」布琳洛小姐雄心勃勃，卻忸怩地說，「我盡量。只是，我從來沒有被人用繩子綁過。」

下一段路雖然偶爾驚險，卻沒有他想像中那麼艱辛，對比氣喘如牛的上坡路段，讓人鬆一大口氣。這條山路是沿著岩壁側面鑿出來的，岩壁上半截藏在薄霧中，看不出有多高。康威擅長判斷高度，想知道目前所在位置，但霧氣也遮蔽了另一端的深淵。他心想，這或許是一種幸運。山路某些路段幾乎只有六十公分寬，轎夫在那些地方靈巧地操縱轎椅，令他欽佩。那位全程在轎椅中酣睡的人，也同樣令他讚嘆。藏族人十分可靠，但隨著山路變寬，坡度緩緩向下，他們好像也如釋重負。接著他們哼唱起來，是歡快的少數民族曲調，康威覺得那會是馬斯奈[20]為某個西藏芭蕾舞團編的曲子。雨已經停了，氣溫略微回升。康威說，「我們自己不可能找得到路走到這裡。」他想要活絡氣氛，馬林森卻沒有感到安慰。事實上，他嚇壞了，如今最驚險的路段已經過去，他不再需要壓抑內心的恐懼。他忿忿地回嘴，「有什麼差別嗎？」山路蜿蜒向下，坡度越來越陡。康威在某個地點看見雪絨花，是來到宜人海拔的可喜徵兆。只是，馬林森聽見之後更煩躁了。「老天，康威，你以為你在阿爾卑斯山閒逛嗎？我只想知道我們要去的是什麼樣的恐怖處所？我們到那裡有什麼行動計畫？**到時候我們要怎麼做？**」

康威平靜地說，「如果你跟我有相同經歷，就會知道生命中總有些時候一動不如一靜。一旦事情發生，你就讓它們發生。戰爭差不多就是這樣。如果不愉快之中摻雜一點新奇，就算幸運了，就像目前的情況。」

「你真他媽的太深奧。在巴斯庫爾那場動亂中，你可不是這副模樣。」

20. Jules Massenet（一八四二～一九一二），法國浪漫派音樂家，作品以文學作品改編的歌劇為主。

「當然不是。那時我的行動有機會扭轉局勢，現在卻沒有這樣的機會，至少目前這個時刻沒有。如果你需要理由，我們在這裡，只是因為我們在這裡。我經常覺得這個說法很撫慰人心。」

「你應該知道我們回程還得走那段險路。我一直在留意，過去這一小時，我們都繞著垂直的山壁迂迴前進。」

「我也注意到了。」

馬林森興奮得一陣猛咳。「是嗎？你一定覺得我很煩人，可是我忍不住。我覺得這一切很可疑，我們太配合那些人的要求，一步步被帶進死角。」

「即使是，我們也別無選擇，除非留在外面等死。」

「你說得有道理，只是沒多大用處。我沒辦法像你一樣輕易接受現況，我忘不了兩天前我們還在巴斯庫爾的領事館。想到之後發生的所有事，我實在無法接受。很抱歉，我太激動了。這些事讓我意識到，我錯過戰爭是多麼幸運的事，否則一定會經常情緒失控。我周遭的世界好像全都錯亂了。我現在這樣跟你說話，一定也很瘋狂。」

康威搖頭。「親愛的馬林森，一點也不。你才二十四歲，此時站在大約四千公尺的高空，這些能充分說明你現在的任何感受。我覺得你在這番磨難中表現得特別好，我在你這個年齡時，未必有這麼優秀。」

「可是你難道一點都感覺不到這整件事有多瘋狂嗎？我們那樣飛越高山，心驚膽顫地在狂風中等待，飛行員死掉了，又碰上這群人。你回想起那些事，不覺得像一場噩夢、難以置信嗎？」

「當然覺得。」

「那我真想知道你怎麼能這麼冷靜。」

「你真想知道？如果你願意聽，我可以告訴你，但你可能會覺得我憤世嫉俗。我這麼冷靜，是因為我記憶中有太多事也都像噩夢。馬林森，這個世界瘋狂的地方不只這裡。既然你提到巴斯庫爾，你記不記得我們離開以前，那些革命人士怎麼對他們的俘虜嚴刑逼供？就是一般的熨平機，當然非常有效，可是我從沒見過比那更荒唐、更毛骨悚然的事。還有，你記得通訊被切斷前我們收到的最後一封信嗎？那是曼徹斯特一家布工廠的函件，問我們巴斯庫爾有沒有銷售緊身褡的商機！你覺得那不夠瘋狂嗎？相信我，我們來到這裡之後，不管碰上多麼差勁的事，也只是從一種瘋狂換到另一種瘋狂。至於戰爭，如果你參與過，就會跟我採取同樣的對策，學會不動聲色隱藏內心的恐懼。」

兩人還在聊著，突然來到陡峭的上坡路，他們呼吸變得急促，短短幾步路就重新體驗上山時的窘迫。然後路面平坦了，他們走出雲霧，周遭陽光明媚空氣清透。前方不遠處，正是香格里拉的喇嘛寺。

康威最先看到，他覺得那可能是他單調的步伐擺盪出來的幻象，因為缺氧已經影響他所有機能。確實，那景象詭譎中帶點不可思議。繽紛多彩的屋宇坐落在山腰上，沒有萊茵河畔城堡那種精準刻意，反倒像錯落穿插在峭壁上的花瓣，有種隨機的嬌美，極致且精妙。康威心緒撼動，視線不禁順著粉藍色屋頂往上，望向那片灰色岩石堡壘。那堡壘是如此巨大，像傲立格林德瓦鎮[21]後方的韋特峰。更遠處那晶瑩璀璨的金字塔，正是卡拉卡爾山的參天雪峰。康威心想，那可能是世上最驚心動魄的山景。那岩壁有如巨無霸擋土牆，抵擋積雪和冰河的強大壓力。也許有一天整座山會分裂，卡拉卡爾山壯麗的冰雪會崩塌泰半，滑落底下的谷地。他好奇，那低微的風險結合它恐怖的表相，會不會反而予人可喜的刺激感。

下方的景色同樣引逗他的視線，因為那山壁幾乎垂直向下延伸，深入一處裂縫。那只可能是遠古時代地殼劇烈變動所致。山谷的底部朦朧遙遠，以一抹隱約綠意迎接他的目光。那地方不受狂風侵襲，喇嘛寺的位置居高臨下俯視它，卻未必壓迫它。康威覺得那地方似乎得天獨厚，只是，即使有人住在那裡，想必也因為另一邊那些根本無法翻越的高峻山巒，跟外界完全隔絕。唯一能夠攀登的出路，似乎就是通往喇嘛寺。康威凝神遠眺之際，體驗到一股擔憂：或許不該無視馬林森的疑慮。但那份擔憂一閃而逝，轉眼間就融入一種半神祕、半視覺化的深刻感受，覺得終於走到盡頭，到達終點。

他始終記不清他們一行人是怎麼抵達喇嘛寺的，也記不清抵達時如何見禮，又如何解開繩索、被迎進寺裡。那稀薄的空氣有著夢境般的質感，跟瓷藍色天空相稱。每一口呼吸，每一次環顧，都讓他感受到深度麻醉般的平靜，因而對馬林森的惶惶不安、巴納德的說笑逗趣和布琳洛小姐的誓死如歸都無動於衷。他隱約記得發現寺內空間寬敞、供暖充足又乾淨清爽時的驚訝。但他沒時間留意這些細節，因為那個中國人已經走下轎椅，帶領他們穿越幾處前廳。此

21. Grindelwald，瑞士伯恩邦中部的市鎮，就在韋特峰（Wetterhorn）山腳下。

刻那人的態度相當親切，對他們說，「請容我致歉，在路上沒能多關照你們。事實是我不太適應那樣的路程，不得不顧好自己。希望你們在旅途上沒有太勞累？」

康威苦笑著回答，「我們熬過來了。」

「太好了。現在請跟我來，我帶你們到各自的房間。你們一定想泡個澡，我們的設施比較簡單，希望能滿足你們的需要。」

這時呼吸還不太順暢的巴納德喘著氣咯咯笑。他說，「哎，我還適應不了你們的氣候，空氣好像黏在我胸腔，不過前面那些窗戶的視野可真不賴。我們還得排隊洗澡？或者這是美式旅館？」

「巴納德先生，一切都會令你滿意的。」

布琳洛小姐拘謹地點點頭，「希望是這樣。」

中國人又說，「之後希望有那份榮幸跟各位共進晚餐。」

康威謙恭有禮地回應。馬林森對這些意想不到的殷勤接待始終沒有表態，他跟巴納德一樣飽受高山反應折磨，現在才費力地說出話來：「你不介意的話，之後我們要談談離開的事，我希望越快越好。」

第四章

張對他們說，「我們沒有你們想像中那麼不文明……」

那天稍晚，康威承認他說得沒錯。此刻他身體舒適心神機敏，在他看來，所有感知之中，這似乎是真正文明的一種。到目前為止，香格里拉的所有設施完全滿足他的需求，可以說超出他的預期。在這個就連拉薩都能安裝電話的時代，西藏僧院配備中央空調系統或許不算多麼了不起。但這座寺院竟然在這麼傳統的東方環境裡融入西方衛浴設備，就顯得格外獨特。比如他不久前才享用過的浴缸，鋪著雅致的綠色磁磚，根據上面刻印的文字，是來自美國俄亥俄州艾克朗市的產品。但那個本地侍者提供的卻是中國式服務，幫他挖耳朵清鼻孔，用細薄的絲布輕撫他的下眼皮底下。當時他不免好奇，他的三位同伴是不是也得到同款照料，反應又如何。

康威在中國住了將近十年，不完全待在大都市。綜合考量之後，他覺得那是他人生中最快樂的時期。他喜歡中國人，很適應中國的生活模式，尤其喜愛中式料理那種內斂的微妙滋味。因此，他在香格里拉的第一餐帶給他的是愉快的熟悉感。他也猜想，那食物裡添加了某種舒緩呼吸的藥用植物，因為他不只自己察覺到差異，也看得出來同伴的不適症狀明顯減輕。他注意到張只吃了幾口蔬菜沙拉，滴酒不沾。飯局一開始張就解釋過，「請見諒，我能吃的東西有限，你們別在意我。」

先前張也說過這個理由，康威納悶他得了什麼病症。此時近距離觀察對方，才發現自己猜不出他的年齡。張體格矮小，五官不太明顯，搭配濕黏土般的膚質，看起來既像早衰的年輕人，也像保養得當的老人。他絕不欠缺所謂的吸引力，反倒有一種別具風格的儒雅，散發出一股太過幽微的氣質，只在不特別留意時，才會察覺它的存在。他穿著藍色絲質繡袍，下襬是常見的側開款式，長褲褲管在腳踝處收緊，全是水彩的天藍色，整個人有一種冰冷金屬般的魅力。康威喜歡那樣的氣質，卻也知道不是所有人都會欣賞。

事實上，這是中國式氛圍，而不是西藏特有。康威因此體驗到一種可喜的自在。只是，他同樣不認為其他人跟他有同感。房間也令他驚喜，格局方正，簡單裝飾著幾件繡帷和一兩件漆器。光線來自紙燈籠，在靜止的空氣裡一動不動。他覺得身心都得到撫慰，再次猜測某種藥用植物的存在，卻一點也不擔心。如果真有那種東西，不管是什麼，都緩解了巴納德的呼吸問題和馬林森的煩躁。他們倆都吃得很暢快，也覺得進食比說話更令人滿足。康威也餓極了，因此慶幸社交禮儀講究循序漸進，不急於處理重要事務。他向來喜歡放慢腳步享受愉快的過程，所以特別適應這樣的規範。於是，直到點燃香菸，他才緩緩提出內心的好奇。他對張說，「你們好像是個非常幸運的團體，而且對陌生人格外友善。只是，我猜這裡不常有訪客。」

張慎重又莊嚴地說，「事實上極少。這裡不是遊客如織的地域。」

康威被逗笑了。「你說得太委婉。一路走過來，我覺得這裡是我見過最與世隔絕的地方。這地方可以發展出獨立的文化，不受外在世界的污染。」

「你認為那是污染？」

「我所謂的『污染』指的是舞廳、電影、霓虹燈招牌之類的。你們這裡的衛浴設備已經盡可能趕上時代，在我看來，這是東方能夠受惠於西方的唯一一件事。我經常覺得羅馬人運氣不錯，他們的文明發展出熱水浴，卻沒有碰觸到機械這種致命知識。」

康威停頓下來。他剛才臨場發揮口若懸河，雖然未必不真誠，卻是別有用心，想藉此創造並掌控某種氛圍。這種事他相當擅長。他之所以沒有直截了當提出問題，只因為對方善盡地主之誼，他願意禮尚往來。

布琳洛小姐卻沒有這樣的顧忌。她說，「可以請你跟我們介紹這座寺院嗎？」話說得客氣，語氣卻頗為強勢。

張挑了挑眉毛，極其溫和地表達他對這種開門見山式提問的不贊同。「女士，只要是能力所及，我樂意之至。妳想知道些什麼？」

「首先，你們這裡有多少人，都是什麼國籍？」顯然，她條理分明的大腦運作正常，跟在巴斯庫爾的傳教機構時一樣專業。

張答道，「這裡具有喇嘛身分的大約五十人，還有一些人還沒正式灌頂，比如我。我們希望有朝一日能達成心願，在那之前我們是見習喇嘛，用你們的話說就是準修士。至於我們的種族，我們分別來自許多國家，當然，藏族與華人占大多數。」

布琳洛小姐向來勇於做出結論，即使是錯誤的結論。「我懂了，這其實是一座本地寺院。你們的大喇嘛是藏族或華人？」

「都不是。」

「有英國人嗎？」

「有幾位。」

「天哪，這好像很不得了。」布琳洛小姐停下來喘一口氣，又接著說，「來吧，跟我說說你們都相信些什麼。」

康威靠向椅背，興致盎然地期待著。他向來覺得對立思想的衝突場面饒富興味，布琳洛小姐那女童軍式的直率對上喇嘛教的哲學，肯定有趣極了。話說回來，他也不想東道主受到驚嚇，於是居間調停，「這個問題相當廣泛。」

但布琳洛小姐不願意接受調停。在葡萄酒作用下，其他人顯得懶洋洋，她卻格外生龍活虎。她寬容地說，「當然，我信奉的是真正的宗教，但我心胸也夠開闊，願意承認其他人的看法通常也夠真實，我指的是外國人。當然，我並不指望在喇嘛寺裡得到認同。」

聽到她這番謙讓，張莊重地欠身致意。他用他那精準又別具韻味的英語問道，「可是女士，為什麼不？當我們相信一種信仰是真的，就一定得判定其他信仰都是假的？」

「當然，那不是顯而易見的嗎？」

康威再次扮演和事佬。「我們最好別爭辯。我想布琳洛小姐跟我一樣，對這座獨特寺院的中心思想相當好奇。」

張慢條斯理地回答，音量極低，幾乎像在呢喃。「親愛的先生，如果要我用簡短幾個字陳述，那我會說我們最主要的信條是中道。我們反覆強調的美德，是避免任何形式的過度，甚至避免過度的美德。聽起來自相矛盾，請包涵。你剛才看到了那個山谷，那裡住著幾千人，他們接受寺院的管理。在那裡，我們發現中道為他們帶來相當程度的幸福。我們的管理方式適度嚴格，相對地，他們的適度服從也令我們滿意。我敢於宣稱，我們的百姓適度穩重，適度貞潔，適度正直。」

康威露出笑容。他覺得這番話說得辭達理舉，也頗為投合他自己的脾性。

「我想我能明白。那麼早上我們見到的那些人就是山谷的居民？」

「是。希望路途中他們沒有失禮之處？」

「沒，一點也沒有。反正我很慶幸他們的步伐不只適度穩當。對了，你剛才只提到中道的規則適用於**他們**，那麼我可以理解為這規則不適用於寺院的喇嘛？」

對於這個問題，張只能搖頭。「先生，很遺憾，這是個我不便談論的話題。我只能說，我們這個群體存在不同信仰和習俗，但我們大多數人都克制不落那些窠臼。現階段我不能再多說，對此我相當抱歉。」

「請別道歉。我更享受靠自己推測。」康威聽著自己說話的聲調，加上身體的感知，再次覺得自己處於輕微麻醉的狀態。馬林森顯然也受到影響，但還是抓住眼前的機會發言：「這一切都非常有趣，但我覺得我們該談談離開的事。我們要盡快回到印度，你們能提供多少挑夫？」

這個問題是那麼務實，那麼不容妥協，一舉打破表層的謙遜，卻發現底下並沒有穩固的立足點。經過一段稍長的停頓，張才開口，「馬林森先生，很可惜，這不屬於我的權限。不過，據我所知，這件事沒辦法立刻安排。」

「但**總得**做點安排！我們都需要回到工作崗位，我們的朋友和親人會擔心。我們**必須**回去！非常感謝你們的熱情款待，但我們真的不能待在這裡無所事事。如果可以的話，我們希望最晚明天能夠啟程。我相信你們這裡很多人都願意護送我們出去。當然，他們的辛勞會得到豐厚的回報。」

馬林森說完時有點緊張，彷彿沒想到說了這麼多話還沒得到回應。然而，張只是平靜中帶點責備地答，「可是這些事不屬於我的職責範圍。」

「這樣嗎？那麼也許你能做點**什麼**。如果你能給我們一份這個地區的大比例尺地圖，就很有幫助。我們好像有很長的路要走，所以更需要提早準備。你們有地圖吧？」

「是，我們有很多地圖。」

「如果你不介意的話，我們希望借幾份來用，看完之後就歸還。你們跟外面的世界應該有聯繫，最好能提前把消息送出去，好讓我們的親友放心。離這裡最近的電報站在哪裡？」

張臉上的皺紋好像展現出無窮的耐心，但他沒有回答。

馬林森等了片刻，又接著說，「你們需要任何物品的時候，都把消息遞到哪裡去？我是指文明世界的物品。」他的雙眼和嗓音露出一絲恐懼，忽然推開椅子站起來。他臉色蒼白，疲倦地抬手抹過前額，環顧一圈，期期艾艾地說，「我好累，沒有人肯幫我。我提出的問題很簡單，顯然你一定知道答案。這裡安裝了那麼多現代衛浴，那些東西是怎麼來的？」

又是一段沉默。

「那麼你不肯告訴我？我猜這跟其他所有事一樣，都是謎團。康威，我不得不說你真該死的懶散，你為什麼不弄清楚真相？我現在太累了，不過你聽好，明天，明天我們**必須**離開，沒有商量的餘地……」

他差點癱軟倒地，幸好康威及時拉住他，扶他坐回椅子上。之後他精神好了一點，但沒再說話。

張柔聲說道，「明天他會好很多。這裡的空氣對初來乍到的人是個挑戰，不過很快就能適應。」

康威覺得自己從恍惚狀態清醒過來，語帶悲憐地說，「這段時間他熬得很辛苦。」而後又輕快地補充，「我們大家或多或少都一樣，我看今晚到此為止，該睡了。巴納德，你能照料一下馬林森嗎？布琳洛小姐，我相信**妳**也需要睡眠。」張大概下了指令，因為有個僕人走進來。康威幾乎把同伴們推出飯廳，邊推邊說，「是，不會有事的。晚安，晚安，我馬上就來。」而後他轉身面對張，那態度跟早先的彬彬有禮形成鮮明對比。馬林森的指責刺激了他。

「先生，我不想耽擱你太久，所以我直接說重點。我朋友是急躁了點，但我不怪他，他把話攤開來說，並沒有錯。我們必須安排回去的行程，但少了你或這裡其他人的幫助，我們辦不到。當然，我知道明天出發是不可能的。就我個人而言，我覺得在這裡小住一段時日應該挺有意思的。只是，我的同伴未必這麼想。所以，如果你本人真的如你所說一點忙都幫不上，請讓我們見見幫得上忙的人。」

張答道，「親愛的先生，你比你的同伴睿智，所以更有耐心。我很高興。」

「你沒有回答我的話。」

張笑出聲來，那是一種抽搐般的高頻咯咯聲，康威認得那種笑聲，是中國人在尷尬時刻為顧全面子，客氣地假裝聽到不存在的笑話。停頓片刻後，張說，「我相信你完全不需要擔心這件事，最終我們會提供你們需要的一切協助。會有些困難，這點你想必清楚，但如果我們都理性地處理，避免不必要的匆忙……」

「我沒說要趕時間。我只是想打聽挑夫的事。」

「嗯，先生，這又牽扯到另一個重點。我覺得你們不太容易找到願意走這趟路的人。他們的家在山谷，不會願意離開家、走漫長又艱辛的路途到外面去。」

「肯定有辦法讓他們願意做，否則今天早上他們要送你去哪裡？」

「今天早上？喔，那情況不一樣。」

「怎麼個不一樣法？你們不是打算到外面去，剛好遇見我和我朋友？」

張沒有回答。康威用更平靜的語調說，「我懂了。所以我們不是碰巧遇見。其實我也一直納悶。那麼你們是專程來攔截我們，所以你一定事先知道我們來了。這就產生一個有趣的問題，你是**怎麼**知道的？」

他的話為這片祥和寧靜注入一絲緊張感。燈籠光照亮張的臉，那面容鎮靜沉著，宛如雕像。下一個瞬間，張舉起手輕輕一揮，化解緊張感。他拉開一面絲綢繡帷，露出通往陽台的窗子。接著他輕觸康威手臂，帶他走進清新的冷空氣裡。他如夢似幻地說，「你很聰明，卻沒有猜對。基於這個原因，我建議你別向你的同伴透露這些深奧的談話。相信我，你和他們在香格里拉都沒有危險。」

「但我們擔心的不是危險，是耽擱。」

「這我知道。當然**可能**會有一定程度的耽擱，無法避免。」

「如果只是短時間，而且真的避免不了，我們當然只能盡量接受。」

「非常明智，因為我們唯一想要的，就是你和你的同伴在這裡過得舒心愉快。」

「這樣很好。像我剛才說的，以我個人來說，我不是很介意。這是新鮮又有趣的體驗，何況我們都需要休息。」

他視線向上，凝望著卡拉卡爾山微光閃爍的錐狀山體。此時月光如此明亮，那山峰在湛藍夜空襯托下，顯得清亮通透，彷彿只要把手舉高，就能碰觸到。

張說，「明天你也許會覺得更有趣。至於休息，如果你累了，世上找不到太多比這裡更好的地方。」

確實。康威看著那座山，只覺全身上下被一種深沉的安詳滲透，彷彿眼前的景象既入眼，也入心。相較於前一天晚上無情肆虐的高地狂風，這時幾乎連一絲微風都沒有。他看到整個山谷像一座內陸港口，卡拉卡爾山居高臨下俯視它，像座燈塔。想到這裡，他的笑意加深，因為山頂上確實有光，那是冰藍色的微光，與它反射的光彩相互輝映。他忽然想知道「卡拉卡爾」字面上的含義。張的低語聲傳來，像他自己思緒的回音。「在山谷的方言裡，卡拉卡爾意思是藍月。」

康威猜測香格里拉的居民不知怎的知道他們會來，但他終究沒有把這件事告訴同伴。原本他覺得這件事很重要，必須讓同伴知道，但到了第二天早晨，那份迫切感似乎只是一種假想，不再困擾他，以至於他不願意增添其他人的煩惱。他有點覺得這地方明顯有古怪，覺得先前張的態度叫人無法安心。除非這裡的當權者決定多幫他們一點，否則他們幾乎等於囚犯。他顯然有責任強迫對方提供協助，不管怎麼說，他畢竟是英國政府的代表。西藏喇嘛寺的人如果回絕他的合理要求，未免不公不義。毫無疑問，這是正常官員會有的認知，而康威既正常，也是官員。必要的時候，他能表現得比誰都強悍。他自我解嘲地思索著，在撤離前那幾天的亂局裡，他所做的一切至少足以幫他爭取到爵士爵位，外加一本名為《巴斯庫爾的康威》的書，像亨蒂小說[22]那樣被學校選為頒獎日的獎品。他一肩扛起重責大任，帶領幾十個來自天南地北的平民，其中有女人有孩童，在排外份子煽動的熱血革命中將那群人安置在小小的領事館，以威逼利誘的手段讓革命人士允許他們全體搭飛機離開。他覺得那不是普通的成就。或許運用一點暗箱操作，再寫些長篇大論的報告，他可以靠這番成就擠進下一次的新年授勳名單。至少他已經靠它得到馬林森五體投地的欽佩。不幸的是，馬林森只怕要對他失望了。這當然有點可惜，但經常有人因誤解而喜歡他，他習慣了。他真的不具備帝國創建者那種果敢堅定、凡事全力以赴的性格。他那些表現只是小小的獨幕劇，在命運與外交部的安排下不時搬演，換取一份根據《惠特克年鑑》[23]統計任何人都賺得到的薪水。

真相是，香格里拉是個什麼樣的地方，他自己又為何來到這裡，這些問題漸漸令他著迷。不管怎麼說，他本身一點都不擔心。因為職務的關係，他經常去到稀奇古怪的地方，一般來說，地方越古怪，他越不覺得乏味。那麼，他之所以來到這個最奇特的地方是因為意外，而不是英國政府一紙派令，又有什麼好埋怨的？

事實上，他一點都不埋怨。早晨醒來時，看見窗外柔和的青金石藍天空，他哪裡都不願意去，不管是白沙瓦或倫敦皮卡迪利街都一樣。看到其他人在一夜好眠後恢復精神，他也很欣慰。巴納德已經可以拿床鋪、浴缸、早餐和各種便利設施說笑。布琳洛小姐也承認，她一絲不苟地檢查過房間，沒有發現預期中的任何缺失。馬林森雖然還臭著一張臉，看起來也挺滿意。他咕噥道，「今天我們大概走不了，除非有人盯得緊。那些傢伙是典型的東方人，沒辦法要求他們講究速度和效率。」

康威接受他的論點。馬林森離開英格蘭不到一年，當然，這時間夠久，足以讓他做出這種即使離開二十年或許也會做出的概括論斷。某種程度上，他說得當然沒錯。只是，康威覺得並不是東方種族特別拖拖拉拉，而是英國人和美國人基於一股持續又不合常理的狂熱，在世界各地衝刺。他不期待任何西方人認同他這種觀點，但隨著年歲和經驗的增長，這種想法越發堅定。話說回來，

22. 指喬治・亨蒂（George Alfred Henry，一八三二～一九〇二），英國知名戰地記者兼多產作家，作品以冒險小說和歷史小說居多，經常被選為中小學頒獎日的獎品。

23. 英國出版商惠特克（Joseph Whitaker，一八二〇～九五）在一八六八年開始出版的年鑑，於二〇二一年出版最後一版後停刊。這份年鑑最早是曆書，登載未來一年的天文日曆與宗教等各種重要紀念日，後來內容漸趨豐富，包含財經、商業、宗教、軍事等統計資料。

張確實言辭閃避語焉不詳，馬林森的煩躁並非毫無根據。康威有點希望自己也能感到不耐煩，這樣的話馬林森會好過得多。

他說，「我們最好等一等，看今天有什麼進展。期待他們昨天晚上就能做點什麼，也許太過樂觀。」

馬林森猛地抬頭看他。「你覺得我表現太急切，像個傻瓜？我沒有辦法。我覺得那個中國人真他媽可疑，現在還是這麼認為。昨晚我回房睡覺以後，你跟他打聽出什麼有用的消息了嗎？」

「我們沒有聊太久。他含糊其詞，對大多數的事都不置可否。」

「今天一定要讓他把話說清楚。」

「當然。」康威同意，但似乎少了點熱情。「對了，這早餐很不錯。」早餐有柚子、茶和印度薄餅，準備得相當用心。早餐快結束時張走進來，微微欠身行禮，而後親善地做些例行問候。在這方面，英語略嫌繁瑣。康威偏好說中文，但到目前為止他還沒透露他會說東方語言，他覺得這可能會是一張不錯的底牌。他嚴肅地聽著張的問候話語，也向對方保證他睡得很好，身體感覺好多了。張對此表示欣慰，又說，「確實，就像貴國詩人說的，『睡眠理清了憂慮的亂絲』[24]。」

他展現的文學素養沒有得到良好反應。馬林森跟所有精神健全的英國年輕男士一樣，聽見別人引用詩句就是一陣鄙夷。他說，「你指的大概是莎士比亞。雖然我沒聽過你引用的那句，卻知道有一句是『不必管先後次序，現在就走。』[25]請別見怪，這就是我們想做的事。如果你不反對的話，我現在就要去找那些挑夫，今天上午就去。」

對於馬林森的最後通牒，張無動於衷。他說，「我不得不告訴你，這個辦法行不通。這裡恐怕沒有人願意護送你們去離家那麼遠的地方。」

「可是，老天，你不會以為我們會接受這樣的答覆吧？」

「我真的非常遺憾，卻愛莫能助。」

24. 摘自英國作家莎士比亞（William Shakespeare，一五六四～一六一六）的作品《馬克白》（*Macbeth*）第二幕第二場。

25. 摘自《馬克白》第三幕第四場，晚宴中馬克白看見鬼魂後顛狂地胡言亂語，馬克白夫人於是要求賓客立刻離開，不必按地位高低論先後。

巴納德說，「昨天晚上你的語氣可沒這麼肯定，莫非你是後來才想通這點？」

「當時你們旅途勞累，我不想讓你們失望。經過一夜好眠，我希望你們可以更理性看待事情。」

康威很快開口，「這種含糊其詞遮遮掩掩的話沒有用，你明知我們不可能無限期留在這裡，顯然我們也沒辦法靠自己的力量離開，那麼你有什麼建議？」

張笑意盎然，但明顯那笑容只給康威。「親愛的先生，我很樂意提出我的建議。你朋友的態度得不到回應，但智者的要求永遠不會落空。你應該還記得，昨天同樣是你這位朋友提到，我們偶爾必須跟外面的世界聯繫。確實是這樣。我們每隔一段時間會向遠方的貨物集散地採購特定商品，也會用適當方法取得。其中的方法和程序我就不多說了。重點是，有一批貨物近期就會送到，遞送的人還要回去，我想你們或許可以跟他們談談。我實在想不出比這更好的方案。那些人到的時候，我希望……」

馬林森不客氣地打岔，「他們什麼時候到？」

「確切的日期當然無法預知。你自己也體驗過在這個地區行走的難度。有太多不確定因素，比如險惡的天氣……」

康威再次介入。「我們把話說清楚。你建議我們雇用不久後送貨過來那些人當挑夫，聽起來是個不錯的辦法，但我們有幾個問題要問。第一個已經問過了，那就是他們什麼時候到？第二，他們會帶我們去哪裡？」

「這個你得問他們。」

「他們能帶我們到印度嗎？」

「我沒辦法替他們回答。」

「那我們談談第一個問題。他們什麼時候會到？我不需要確切日期，只是想知道究竟是下星期或明年。」

「可能再過一個月左右，應該不會超過兩個月。」

馬林森怒氣沖沖地插嘴，「或三、四、五個月。你以為我們會在這裡等這支護衛隊或商隊或什麼的，等他們在某個遙不可及的未來帶我們去天知道什麼地方？」

「先生，『遙不可及的未來』這句話並不恰當。除非發生某種不可預知的事，等待的時間不會超過我剛才說的。」

「可是**兩個月**！在這地方待兩個月！太荒謬！康威，你一定無法接受！兩星期就是極限了！」

張收攏周身的衣袍，示意談話結束。「請見諒，我無意冒犯。各位出於無奈停留在這裡的期間，喇嘛寺會繼續提供最殷勤的款待。我只能說這麼多。」

馬林森氣憤地回嘴，「你不需要再說。如果你以為我們只能受制於你，你很快就會發現自己大錯特錯！別擔心，我們會找到需要的挑夫。你可以繼續打躬作揖鬼話連篇……」

康威按住他手臂制止他。發怒的馬林森像個耍脾氣的孩子，說話不經大腦，不在乎有沒有意義或合不合禮儀。康威覺得，以馬林森的性格與當前的處境，他的表現可以原諒，只是，他擔心會冒犯中國人那更為靈敏的感受。幸好張已經展現令人欽佩的機智先行離開，及時避開最難堪的場面。

第五章

整個上午他們都在討論這件事。正常情況下，這四個人此刻應當在白沙瓦的俱樂部或傳教機構享受生活，現在卻必須在西藏喇嘛寺停留兩個月。但不可避免地，初來乍到時的第一波衝擊過後，如今他們的憤怒與震驚都所剩無幾。就連馬林森也在情緒爆發後平和了些，轉換成略帶困惑的宿命論。他心浮氣躁地吸幾口菸，「康威，我不想再爭辯了。你明白我的心情。我一直強調這件事有古怪，是個騙局，我真想馬上離開。」

康威答，「我可以理解。只可惜，問題不在於我們想要怎麼做，而在我們必須忍受什麼。坦白說，如果這些人說他們不肯或不能為我們安排挑夫，我們別無選擇，只能等待其他人到來。在這件事情上我們無可奈何，我也很遺憾，但這是事實。」

「你是說我們必須在這裡待兩個月？」

「我們別無選擇。」

馬林森強自鎮定地彈掉菸灰。「那好吧。兩個月就兩個月，這可真是普天同慶的好事。」

康威又說，「我不覺得這比在任何與世隔絕的地方待兩個月更糟。做我們這一行難免被派到偏遠角落，我覺得我們幾個都一樣。當然，這對家鄉有朋友和親人的人比較不利。我個人在這方面比較幸運，應該不會有人太擔心我。至於我的工作，不管有什麼待辦事項，都有人可以處理。」

他轉頭看向其他人，彷彿邀請他們說說自己的狀況。馬林森沒有說話，但康威大略知道他的事。他父母和女朋友都在英格蘭，所以心裡不太好受。

巴納德照例發揮他慣有的幽默感，這種反應符合康威對他的觀察。他說，「這方面我運氣還不錯，蹲兩個月牢房要不了我的命。至於老家的親友，他們連眼皮都不會眨一下。我向來懶得寫信。」

康威提醒他，「你忘了我們的名字會刊登在報紙上。我們都會被列入失蹤名單，人們通常會往壞處想。」

巴納德好像有點震驚，而後揚起嘴角說道，「啊，的確是。不過那對我沒有影響。」

康威雖然不太明白，卻也替他慶幸。他看向布琳洛小姐。到目前為止她一直相當沉默，先前跟張談話時也沒有發表任何意見。他猜想她應該也沒有太多牽掛。她爽朗地說，「就像巴納德先生說的，在這裡待兩個月沒什麼大不了，只要是為主服務，在哪裡都一樣。神的意旨帶我來到這裡，我認為這是一種召喚。」

康威覺得，在這種情況下，這樣的心態非常合宜。他用鼓勵的語氣說，「等妳回去以後，妳的傳教團會很高興。屆時妳能為他們提供許多有用資訊。事實上，我們大家都會有一段特殊經歷，也算是一點安慰。」

之後話題趨於廣泛。巴納德和布琳洛小姐對事態的發展接受良好，康威相當驚訝，卻也鬆了一口氣，因為這麼一來需要他安撫的人只有一個。然而，就連馬林森經過那番唇槍舌戰之後，這時也體力不濟。他還是心神不寧，卻也更願意往好處想。他嚷嚷道，「天知道我們在這裡有什麼事可做。」但既然說出這樣的話，顯示他也在努力接受現實。

康威說，「第一條規則一定是避免惹彼此心煩。幸好，這地方好像夠大，人好像也不多。除了幾個僕人，到目前為止我們只見過一個住在這裡的人。」

巴納德找到另一個樂觀的理由。「如果到目前為止的餐點可供參考，至少我們不會餓肚子。康威，這地方要順利運作需要不少錢。比如那些浴缸，價格便宜不了。我看不出來任何人能在這地方賺到錢，除非山谷裡那些人有工作。即使如此，他們製造的商品也不足以外銷。我好奇他們這裡是不是有礦。」

馬林森說，「這整個地方真是該死的神祕。我敢說他們跟耶穌會教士一樣，藏著一罐罐的錢。至於浴缸，可能是某個富豪信徒送給他們的。總之，等我離開以後，就不會操心這些事。不得不說，這裡的風景確實不錯，有它自己的優點。如果在適當的位置，會是熱門的冬季運動中心。那邊的山坡不知道能不能滑雪？」

康威瞥了他一眼，探究中帶點愉悅。「昨天我看到雪絨花，你提醒我這裡不是阿爾卑斯山。現在我用同一句話回敬你，最好別在這個地區嘗試你那些溫根與夏戴克[26]特技。」

「這裡應該沒有人見識過跳台滑雪[27]。」

康威湊趣說道，「甚至沒見過冰上曲棍球比賽。你要不要組幾支隊伍，『紳士隊對喇嘛隊』如何？」

布琳洛小姐說，「那肯定能讓他們好好學一學。」她語氣嚴肅，眼神亮晶晶。

這話不好接，幸好也沒這個必要，因為午餐就要上桌了，質量與效率相輔相成，帶給人好心情。午餐後張走進來時，已經沒有人想繼續爭吵。張八面玲瓏地假裝他跟所有人都關係融洽，四位天涯淪落人也無意拆穿。事實上，他問他們有沒有興趣參觀喇嘛寺，如果有，他樂意充當嚮導，他們不假思索地同意了。巴納德說，「當然好，趁我們還在這裡，好好看看這個地方。短時間之內我們應該都不會再來。」

布琳洛小姐的反應多了點哲思。眾人在張的陪同下出發時，她低聲說，「我們搭那架飛機離開巴斯庫爾時，我怎麼也想不到會來到這樣的地方。」

馬林森老調重彈，「而且我們還不知道為什麼來到這裡。」

26. 溫根（Wengen）與夏戴克（Scheidegg）都在瑞士少女峰地區，是知名滑雪勝地。

27. ski jump，滑雪運動之一，運動員沿著跳台助滑道下滑，藉助彈跳力與速度躍入空中。

康威沒有種族或膚色上的偏見，以前在俱樂部或列車頭等車廂遇見頭戴遮陽帽、臉龐紅通通的「白人」，偶爾會表現得格外尊重，但那只是做做樣子。這樣的表面形象可以省麻煩，尤其在印度，而康威最怕麻煩。在中國比較沒這個必要。過去他有很多中國朋友，從來沒想過要把他們當成次等人。因此，跟張接觸的過程中，他沒有什麼先入為主的想法，只覺得對方是個行止有度的老先生，智力非凡，卻不完全值得信任。馬林森則不然，他總是隔著假想牢籠觀察張。布琳洛小姐機敏又活潑，把張當成盲目的異教徒。巴納德則是親切友好妙語如珠，像在跟管家套交情。

這場香格里拉巡遊足夠生動有趣，那些態度很快被拋到腦後。康威不是第一次參觀修道機構，但這裡明顯規模最大，撇開所在位置不談，也是最不同凡響的。光是走過那許多房間和庭院，就用了一下午。不過，他注意到很多房間都被略過，甚至不少院子根本過門不入。但他們看得已經夠多，足以確認各自的既定印象。巴納德更加相信喇嘛們很有錢。布琳洛小姐找到充足證據，證明他們沒有道德觀念。至於馬林森，最初的新鮮感消退後，覺得這行程跟低海拔的觀光活動一樣累人。他覺得，那些喇嘛他恐怕靠不上。

只有康威徹底屈服於那份越來越濃厚的深沉魔力。吸引他的不是任何個別物品，而是那逐漸展露的風雅，那低調穩重無懈可擊的品味。那份和諧感如此瑰麗，悅目而不搶眼。他把思緒拉回現實，跳脫藝術家的情懷，轉而扮演鑑賞家，這才辨認出博物館與富豪會爭相收藏的寶物。精緻的珍珠藍宋瓷，已經珍藏千年以上的彩墨畫，還有漆器，上面清冷動人的仙境不像繪畫，幾乎聽得見仙樂飄飄。那瓷釉與清漆讓人遙想起一個絕美典雅的世界，不禁情緒湧動，而那情緒轉瞬間又化為純粹的思維。不誇耀張揚，不搔首弄姿，也不蓄意衝擊觀者的感受。那極致的柔美像飄散的花瓣，翩然落入凡塵。收藏家會為它們瘋狂，但康威不是收藏家。他沒有雄厚資產，也沒有收集癖好。他對中國藝術的喜愛純屬心靈領域。在這個日益紛亂嘈雜、凡事追求宏大的世界，他悄悄地偏愛溫和、精準與微小的事物。當他走過一個又一個房間，想到卡拉卡爾山巍峨地聳立在如此纖弱的美上方，心中隱隱生起一股感傷。

然而，喇嘛寺能展現的不只中國風情。比方說，這裡的特色之一，是一座讓人心喜的圖書館，宏偉寬敞，收藏著大量書籍，都與世無爭地安頓在書櫃或壁龕裡，營造出的氛圍是智慧多於知識，謙和多於嚴謹。康威匆匆掃視幾個書架，深感震驚。世界一流的文學著作這裡好像都有，還有許多深奧有趣、但他無法評價的作品。有數不清的英文、法文、德文和俄文書籍，也有眾多中國和其他東方著作。他特別感興趣的一區是獻給「西藏世界」的，如果可以這麼稱呼此地的話。他看到幾本稀有書籍，有安東尼奧．安德拉德[28]的《大契丹的新發現，即西藏地區》（里斯本，一六二六年），阿塔納修斯．基歇爾[29]的《中國》（安特衛普，一六六七），泰弗諾[30]的《白乃心與吳爾鐸的中國行》，以及貝利嘉蒂[31]的《未發表的西藏行》。他在細看最後一個書名時，注意到張定定望著他，那眼神帶著一點斯文的探究。張問，「你是學者？」

康威一時語塞。他在牛津教過書，所以有資格以學者自居。但他知道「學者」這個稱呼對於中國人是最高的恭維，聽在英國人耳裡卻有那麼一點自以為是。為了同伴設想，他選擇否認。他說，「我當然喜歡閱讀，只是這些年來我的工作並沒有給我太多做學問的機會。」

「你希望有那樣的機會？」

「那倒不盡然，但那樣的生活對我肯定有吸引力。」

馬林森手裡拿著一本書，打岔說，「康威，你做學問的機會在這裡。這是這個區域的地圖。」

張說，「我們有幾百本地圖，歡迎各位借閱。不過我可以幫各位省點麻煩，那些地圖都沒有標示香格里拉。」

康威說，「真奇怪，這是為什麼？」

「理由很充分，可惜我不能多說。」

康威笑了笑。馬林森又生氣了，他說，「還在故作神祕，到目前為止我們並沒有看到任何需要隱瞞的東西。」

28. Antonio de Andrada（一五八〇～一六三四），葡萄牙人，耶穌會教士，在印度傳教多年，是第一個跨越喜馬拉雅山抵達西藏的歐洲人，率先在西藏建立天主教傳教機構。

29. Athanasius Kircher（一六〇二～一六八〇），德國耶穌會成員，也是精通多種領域的學者。

30. 泰弗諾（Melchisédec Thévenot, 一六二〇～九二），法國科學家、作家兼旅行家，發明水平儀。白乃心（Johann Grueber, 一六二三～八〇）是奧地利傳教士探險家，清朝初年到中國傳教。吳爾鐸（Albert d'Orville, 一六二一～六二）是比利時耶穌會傳教士。

31. Cassiano Beligatti（一七〇八～九一），義大利傳教士，十八世紀中期在印度與西藏傳教十多年。

原本默默沉思的布琳洛小姐如夢初醒，說道，「你不帶我們看看喇嘛平日的活動嗎？」她咬字格外清晰，那音調足以令庫克船長[32]的手下膽寒。那種語氣也讓人覺得，她腦海裡多半揣想著各種土著手工藝品、編織中的跪墊或某種古色古香的粗拙製品，都是她返鄉後的談資。她有個特殊本領，好像沒有任何事能令她震驚，又好像總是有點惱怒，兩種穩定特質互相結合，似乎總能讓她心平氣和地聽著張的回應。「很抱歉，這不可能。僧團以外的人見不到喇嘛，或者我該說，這種機率非常低。」

巴納德說，「看來我們是見不到了。我覺得非常可惜，你不知道我多麼想跟你們的大喇嘛握個手。」

張和氣又認真地謝謝他的好意。布琳洛小姐還想繼續原來的話題，她又問，「喇嘛平時都做些什麼？」

「女士，他們全心全意打坐冥想，追求智慧。」

「那等於**什麼也沒做**。」

「那麼他們什麼也沒做。」

她把握時機做出總結。「我也這麼覺得。張先生，觀賞那些東西確實很愉快，可是我不相信這樣的地方對世人有什麼益處。我喜歡做點務實的。」

「各位要喝茶嗎？」

一開始康威以為這是張的嘲諷，很快就發現自己想錯了。時間匆匆流逝，張雖然吃得不多，卻有著典型的中國愛好，每隔一段時間就要喝茶。布琳洛小姐坦承參觀藝廊和博物館之後她就會頭痛，眾人於是欣然同意，跟隨張穿過幾個庭院，乍然去到一個美得無與倫比的地方。他們沿著柱廊走下台階，進入一處花園。花園裡闢了一方蓮池，池中的蓮葉鋪排得密密層層，看上去像是濕潤的碧綠地磚。池塘周遭裝飾著一圈黃銅動物雕像，有獅子、龍和獨角獸，各自展現出一種風格化的凶猛。這份凶猛並沒有破壞周遭的安詳氛圍，反倒有畫龍點睛之效。整個畫面完美均衡，觀者的視線可以從容不迫地品賞每個角落。各個景物之間沒有爭奇鬥豔，沒有孤芳自賞，就連巍然聳立在青瓦上方的卡拉卡爾山峰頂，彷彿也臣服在這幅精緻的藝術作品裡。巴納德讚嘆道，「這地方可

32. 應指英國探險家James Cook（一七二八～七九），奉英國政府之命三度帶領船員探索太平洋，是最先登陸澳洲東岸與夏威夷的歐洲人。

真美。」張帶領他們走進一座涼亭，康威更加驚喜，因為亭子裡有一架大鍵琴和一架現代平台式鋼琴。他覺得，某種角度來說，這一幕把整個下午的驚奇推上巔峰。對於他提出的問題，張一定程度上坦誠相告。他說，喇嘛們高度推崇西方音樂，尤其是莫札特的作品。他們收藏了歐洲所有偉大作品，有些人也精通不同樂器。

巴納德對鋼琴的運送深表讚嘆。「你可別告訴我這架鋼琴是從我們昨天走過的那條路送來的。」

「沒別的路。」

「真是聞所未聞！喲，再添上留聲機和收音機，你們就應有盡有了！不過，也許你們對時下的音樂還不熟悉？」

「嗯，我們聽說過。只是據說這裡的山太高，接收不到無線電。至於留聲機，相關的建議已經遞交給主事的人，但他們覺得這件事不著急。」

巴納德回嘴說，「這話我相信。我還猜得到你們這個團體的口號一定是『不著急』。」他哈哈大笑，又說，「來聊聊細節問題。假設哪天你那些上司決定要弄個留聲機，具體是什麼流程？製造商不可能把東西送過來，這是必然的。你們在北平或上海或什麼地方一定有個代理人，我敢打賭這東西要送到你們手上一定得花大錢。」

然而張不再像先前那樣有問必答。「巴納德先生，你的推論非常精彩，可惜我不能討論這些事。」

康威心想，又來了，他們再次試探著可說與不可說之間的隱形界線。他覺得他很快就能在腦海裡描繪出那條線，可是另一份驚異帶來的衝擊打亂他的計畫。因為僕人已經捧著托盤送來清香的茗茶。而這些行動敏捷腳步輕盈的西藏人進來之後，有個身穿中國服飾的女孩也不聲不響地跟了進來。她直接走向大鍵琴，彈奏了一支拉莫的嘉禾舞曲[33]。那令人沉醉的樂音響起時，康威體驗到一種難以置信的愉悅感。十八世紀法國那些清靈悅耳的曲調是那麼高雅，一點也不輸剛才的宋代瓷器、精美漆器和那邊的蓮花池。它們都散發著一種永生不

33. 拉莫（Jean-Philippe Rameau，一六八三～一七六四），法國巴洛克時期知名音樂家，是當時法國樂壇的領袖人物。嘉禾舞曲（gavotte）是巴洛克時期的舞曲，源於法國的民間曲調。

死的香氣，在一個不熟悉它們靈魂的時代創造不朽。這時他注意到彈奏的人：她有著細長的鼻梁、高聳的顴骨，膚色是滿族人的蛋殼白，烏黑的秀髮緊緊攏在腦後，編成髮辮，看起來完美無瑕嬌小玲瓏。她的雙唇像一朵小巧的粉色旋花，除了修長的手指之外，整個人幾乎靜止不動。一曲奏罷，她躬身行禮後離去。

張看著她的背影微笑，而後有點得意地問康威，「你滿意吧？」

康威還來不及回答，馬林森就搶先問，「她是誰？」

「她叫羅岑，擅長彈奏西方鍵盤樂器。她跟我一樣，也還沒灌頂。」

布琳洛小姐驚呼，「不會吧！她看起來還是個孩子。所以你們這裡有女喇嘛？」

「我們沒有性別之分。」

停頓片刻後，馬林森高傲地說，「你們這個僧團真是不尋常。」之後眾人默默品茶，大鍵琴的樂音彷彿還繚繞在空中，像一道怪異的魔咒。此時張引領大家走出亭子，並表示他希望大家享受這趟巡遊。康威代表眾人回應，你來我往謙讓一番。張說他自己也相當愉快，還希望他們停留期間不必見外，自由運用音樂室和圖書館的資源。康威再次真誠地向他致謝。他說，「但是喇嘛們呢？他們不使用嗎？」

「他們非常樂意為他們的貴賓讓位。」

巴納德說，「這才是真正的大方。還有，這說明喇嘛們知道我們的存在。不管怎樣，這是個進展，讓我覺得更加自在。張，你們這裡的設施確實一流，那個小姑娘琴也彈得很不錯，她年紀多大了？」

「恕我不能告訴你。」

巴納德大笑。「女士的年齡是祕密，對吧？」

「確實。」張的笑容帶著一絲牽強。

那天晚餐後，康威找機會離開同伴，信步走到灑滿月光的寧靜庭院。那時的香格里拉滿目美好，也像所有美好事物一樣，埋藏著一股神祕感。空氣冷冽，夜闌風靜，卡拉卡爾山雄偉的尖塔彷彿變近了，比在日光下近得多。康威的身體是愉悅的，心情是滿足的，精神是放鬆的。但他的理智不同於他的心靈，此時有點細微的擾動。他茫然不解。他描繪的那條保密界線漸漸清晰，顯露出的卻只是深不可測的背景。他和三名萍水相逢的旅伴遭遇的一連串事件此時歷歷在目，他還想不通，但他知道總有真相大白的一天。

他走過一條迴廊，來到那個俯瞰山谷的露台。晚香玉的香氣撲面襲來，令他思緒泉湧。晚香玉在中國別名「月下香」。他別出心裁地思索著，如果月光也有聲音，也許就是他不久前聽到的拉莫嘉禾舞曲。想到這裡，腦海又浮現那個滿族小姑娘的身影。他萬萬沒想到會在香格里拉見到女性，一般的修道團體不會有女性存在。他心想，儘管如此，這種創舉未必可憎。事實上，對於這個張形容為「適度不落窠臼」的團體，女性大鍵琴樂手的存在，或許有加分效果。

他的視線越過露台邊緣，投進那幽藍色的虛空。山谷的深度虛幻難測，也許有一千五百公尺。他好奇自己有沒有機會下去走走，去考察先前討論過的谷地文明。這個奇特的獨立文化隱藏在不為人知的山脊之間，由某種不明確的神權政體統治，對他這個學歷史的人相當有吸引力。除此之外，那座喇嘛寺同樣隱晦深奧，二者之間的祕密或許不無關係。

突然之間，周遭氣流顫動，一陣聲響從底下遠遠傳來。他側耳聆聽，依稀聽出銅鑼和嗩吶，伴隨著集體慟哭的聲音。但這可能只是他的想像。那聲音隨著轉向的風飄散，而後又傳回來，只是再次消逝。不過，那蒙著面紗的谷地透露出生命與活力，只是進一步烘托香格里拉的肅穆靜謐。萬籟俱寂，那休憩中的無人庭院與黯淡涼亭散發微光，擺脫所有塵勞，只留下一份靜默，時間彷彿也駐足不前。這時，他看見平台上方高處一扇窗子透出燈籠的玫瑰金光芒，喇嘛們就是在那裡潛心冥想、追求智慧嗎？他們此時此刻就是在做這件事嗎？想要找到答案，他只需要穿過離他最近的門走進去，沿著長廊和走道探尋，直到解開這個謎題。但他知道這樣的想法不切實際，也知道有人在監看他的一舉一動。稍早有兩名西藏人橫越露台，這時正在女兒牆附近閒逛。那兩人看起來親切和善，隨意把彩色披風搭在裸露的肩膀上。隱約的銅鑼和嗩吶聲再度飄上來，康威聽見其中一個男人向同伴探詢。那人答，「他們安葬了塔魯。」康威只是略懂西藏語，很希望他們多聊一些，只憑一句話，他掌握不到什麼訊息。一段時間後，原先發問的那個人又說話了，但他聲音太小聽不見。康威從另一個人的回答約略得到以下資訊：

「他死在外面。」

「他聽從香格里拉高層的命令。」

「他是飛過來的，乘著大鳥越過高山。」

「他也帶來幾個陌生人。」

「塔魯不怕外面的狂風，也不怕外面的寒冷。」

「雖然他出去很久了，但藍月谷還記得他。」

其他的康威都聽不懂。他等了一陣子，才回到自己的房間。他聽得夠多，足以解開另一道謎題。這個答案嚴絲合縫，他不禁納悶自己早先怎麼沒推測出來。當然，他有過這樣的懷疑，但那種做法太不講道理，前所未有又荒唐離奇，他難以接受。現在他意識到，那種不講道理不管多麼荒唐離奇，他都得嚥下。從巴斯庫爾過來的那趟飛行不是某個瘋子毫無意義的冒險犯難，而是在香格里拉的教唆下，經過計畫與籌備，最終付諸行動。生活在這裡的人認識那個死去的飛行員。某種意義上，他是他們的一份子，他們哀悼他的死亡。所有線索指向某個高層部門決意達成它的目的。可以說，那段不明所以的飛行時間與里程背後，藏著一個重要意圖。但是，目的**是什麼**？英國撤僑飛機上四名偶然相聚的乘客，冷不防被送到喜馬拉雅山另一邊的荒僻地域，這究竟是為了什麼？

對於這個問題，康威只是有點驚愕，不至於怒火中燒。這是一項挑戰，而且是他願意接受的唯一一種，那就是以足夠的考驗讓他的頭腦保持一定程度的清明。他當下做出決定，不需要讓同伴知道他發現這個駭人真相，也不能讓東道主知道，因為前者幫不了他，後者肯定不會幫他。

第六章

「我們的遭遇應該不算最慘的。」來到香格里拉即將滿一星期，巴納德如此感嘆。這顯然是他們收穫的眾多心得之一。到這時他們已經安頓下來，生活落入某種規律。在張的協助下，日子也不算太枯燥乏味，至少不輸計畫妥善的假期。他們都適應了稀薄的空氣，只要不做太費力的事，感覺倒是神清氣爽。他們已經發現這裡日夜溫差極大，喇嘛寺幾乎不受狂風影響，卡拉卡爾山的雪崩最常發生在日正當中時。他們還知道山谷種植的菸草品質優良，知道某些食物和飲品比其他更美味，而他們各自都有特殊的口味和喜好。他們就像四名新生，彼此漸漸熟稔，只是學校裡其他學生都神祕地缺席。張盡心盡力解決他們的各種難題，也安排短程旅行，提供消遣活動，推薦書籍。用餐時如果氣氛突然凝滯，他就會用他那徐緩謹慎的流利英語化解尷尬。任何時候他都親切有禮，精明能幹，熱心提供資訊和委婉拒絕回答之間那條界線是那麼分明，被拒絕的人不再心生怨怒，只有馬林森偶爾會怏怏不樂。康威滿意地觀察那條界線，看著自己收集的線索持續增加。巴納德甚至用美國中西部扶輪社大會的慣例跟張開玩笑。「張，你們這家見鬼的旅館真是糟透了，報紙送不到這裡嗎？我寧願拿你們那一整座圖書館的書換今天早上的《先驅論壇報》。」張雖然未必認真看待每個問題，卻總是認真答覆。「巴納德先生，我們有過期《時報》合訂本，最新的是幾年前的。只是，很抱歉，我們的是《倫敦時報》[34]。」

康威發現山谷不是「禁區」，相當開心。只是，去山谷的路不好走，必須有人護送才能成行。他們在張的陪同下，安排一天的時間實地考察那座在懸崖上看起來是那麼悅目的翠綠山谷。不管怎樣，對康威而言，那是一趟令他心馳神往的旅程。他們乘坐竹轎下山，驚險萬分地晃盪在懸崖峭壁之上，轎夫卻是鑾不在乎地循著陡峭山路往下走。對於容易暈眩嘔吐的人，那是難挨的路程。

34. 指英國的主流報紙 *The Times*，一般譯為《泰晤士報》。由於許多報紙名稱是地名搭配 *The Times*，比如 *The New York Times*（《紐約時報》），因此有人將英國的 *The Times* 稱為 *The London Times*（《倫敦時報》），以示區別。

不過，等他們終於到達低海拔的森林與山麓，就親眼見證到喇嘛寺有多麼幸運。因為山谷根本就是一處異常豐饒、遺世獨立的樂園。在那裡，短短上千公尺的垂直落差之間，就涵蓋了從溫帶到熱帶的所有環境。種類繁多的農作物大面積栽種，每一吋土地都妥善運用。整個耕作區域或許綿延幾十公里，寬度從一點五公里到八公里不等。地形雖然狹長，卻幸運得到最充足的日照。雖然灌溉農田的小溪因為積雪的關係十分冰冷，但就算是陽光照不到的地方，氣溫也相當暖和。康威仰望那高聳的山壁時，再次覺得這樣的景色隱藏著極致絕美的危險。如果不是某種偶然配置的屏障，山谷顯然會是一片湖泊，周遭山區冰河的水會源源不絕注入。相反地，如今只有幾條涓涓細流充填水庫，為田地和林場灌溉，幾乎像下水道技師那般有條不紊盡心盡職。只要整體結構沒有受到地震或山崩破壞，這樣的設計可說出奇地幸運。

然而，就連這種對未來的淡淡憂慮，也只是強化了當前所有的美好。康威再度沉醉在那魅力與精妙之中，正是這些特質讓他在中國度過生命中最快樂的時光。窄小的草坪和整潔的菜園，溪流旁色彩鮮麗的茶館，玩具般的小巧屋舍，都跟環繞在四周的龐大山體形成強烈對比。山谷的居民有漢族及藏族，看起來和睦融洽，且都比一般的漢人或藏族來得白淨好看，好像並沒有因為小型社會不可避免的近親繁衍受害。他們笑容滿面地路過這群乘著竹轎的陌生人，跟張寒暄幾句。他們溫和友善，適度好奇、謙恭有禮又輕鬆適意，忙著各式各樣的工作，卻沒有明顯的匆忙。整體看來，康威覺得這是他見過最親和的群體。就連致力尋找異教徒墮落跡象的布琳洛小姐都不得不承認，「表面上」看來一切都好。她鬆了一大口氣。雖然這裡的女性穿中國式的束腳長褲，但至少居民衣著十分「完整」。她在一間佛教寺廟裡用最嚴格的目光審視，也只找到少數幾個有陽具崇拜嫌疑的物品。張解釋說，那間寺廟有自己的喇嘛，大致上受香格里拉管轄，但屬於不同派別。山谷裡還有道觀和孔廟各一座。張說，「寶石有不同切面，很多宗教都可能適度真實。」

巴納德熱切地說，「這點我贊同。我向來認為教派不該有門戶之見。張，你是個哲學家。我一定要記住你剛才那句話：『很多宗教都適度真實』。你們山上一定有很多智者，才能想出這樣的道理。你們也很公正，這點我百分之百確定。」

張若有所思地說，「但我們只是**適度**確定。」

布琳洛小姐不耐煩聽這些，她覺得那都是懶惰的表現。總之，她有自己的想法。她緊抿著嘴唇說，「我回去以後，會請求教會派傳教士過來。如果他們怕花錢，我就步步緊逼，直到他們同意為止。」

這樣的心態顯然健康多了，就連不太關心外國傳教事業的馬林森也忍不住讚賞。他說，「你們應該派你過來。當然，前提是你喜歡這樣的地方。」

布琳洛小姐不以為然地說，「這不是**喜不喜歡**的問題。沒有人喜歡這種地方，這很正常，怎麼可能會喜歡？但該做的事就要做。」

康威說，「如果我是傳教士，比起其他很多地方，我會選這裡。」

布琳洛小姐斷然說道，「那顯然不是善功。」

「可是我考慮的不是善功。」

「那更可惜了。因為喜歡而去做，稱不上是善行。你看看這裡的人！」

「他們看起來都很快樂。」

「確實。」她的口氣有點激烈。接著又補充，「總之，我不如就從學習這裡的語言開始。張先生，能借本這方面的書給我嗎？」

張用最柔和的語調說，「當然沒問題，女士，樂意之至。恕我多言，我覺得這個主意好極了。」

那天晚上他們回到香格里拉後，他把這件事列為首要任務。一開始布琳洛小姐有點被那本十九世紀某個勤奮德國人編寫的巨著嚇到，她原本想的可能是「藏語速成」之類的入門書。不過在張的協助和康威的鼓勵下，她起步平穩，其他人很快就發現她從學習中得到極大的滿足。

至於康威，除了鑽研那個令他著迷的問題之外，也找到不少感興趣的事。每當豔陽高照天氣暖和，他會善用圖書館和音樂室，從而確認喇嘛們的文化相當卓越。不管怎樣，他們對書本的喜好相當廣泛，希臘文版的柏拉圖和英文版的奧瑪[35]肩並肩，尼采和牛頓攜手。湯瑪斯・摩爾也在，還有漢娜・摩爾、托馬斯・莫爾、喬治・莫爾，甚至老莫爾[36]。康威估計，圖書館的藏書總共大約在兩萬到三萬冊之間。他忍不住好奇這些書籍如何挑選，又如何取得。他也想知道圖書館最新一批收藏是什麼時候進的，可是他找到的最新版本是《西線無

35. 應指奧瑪・開儼（Omar Khayyam, 一〇四八～一一三一），波斯詩人、數學家、哲學家兼天文學家。

戰事》[37]的平價再版書。不過，下一次他再到圖書館，張告訴他還有一批一九三〇年出版的書，目前已經送到喇嘛寺，以後都會上架。他說，「我們努力跟上時代。」

康威笑著回答，「可能有人不認同你這話。從去年開始，這個世界發生了不少事。」

「親愛的先生，真正的大事在一九二〇年就能預見，到了一九四〇年情勢就會明朗，其他都不重要。」

「那麼你不關心全球危機的最新發展？」

「到適當的時候，我自然會非常關心。」

「張，我好像有點了解你了。你運轉的節奏不一樣。時間在你眼中不像在大多數人眼中那麼重要。如果我在倫敦，就不會急著想看一小時前開賣的報紙，就如你在香格里拉不會急著想看一年前的報紙。我覺得這兩種態度都相當合理。對了，你們上一次有外人進來是什麼時候？」

「康威先生，很遺憾，這個我無可奉告。」

他們的對談通常以這句話終結，康威並沒有太生氣，不像過去在職場上遇到無論如何都結束不了的談話時那般惱火。隨著見面次數增加，他越來越喜歡張，但他始終想不通為什麼很少見到喇嘛寺其他人。就算喇嘛不見外人，難道除了張以外沒有其他見習喇嘛？

當然，還有那個滿族小姑娘。他偶爾會在音樂室遇見她，但她不會說英語，而他還不想暴露他懂中文。他不太確定她彈琴只是為了消遣，或者還在學習。她彈琴的模樣，還有她的舉手投足，都那麼一本正經，她選擇的樂曲型態

36. 湯瑪斯・摩爾（Thomas More, 一四七八～一五三五），英格蘭政治家兼哲學家，他以拉丁文創作的《烏托邦》（*Utopia*）對後世社會主義的發展深具影響力。漢娜・摩爾（Hannah More, 一七四五～一八三三）是英格蘭宗教作家。托馬斯・莫爾（Thomas Moore, 一七七九～一八五二）是愛爾蘭作家，他的《愛爾蘭旋律集》（*Irish Melodies*）提高愛爾蘭文學的地位。喬治・莫爾（George Moore, 一八五二～一九三三）是愛爾蘭作家。老莫爾指法蘭西斯・莫爾（Francis Moore, 一六五七～一七一五），英格蘭醫師兼占星師，從一六九七年開始撰寫並出版《老摩爾年曆》（*Old Moore's Almanack*）。

37. *Im Western Nichts Neues*，德國作家雷馬克（Erich Maria Remarque, 一八九八～一九七〇）在一九二八年發表的反戰小說，以第一次世界大戰為背景。

都比較明顯，比如巴哈、柯賴里[38]、史卡拉第，偶爾也有莫札特。她喜歡大鍵琴勝過鋼琴，但每回康威去彈鋼琴，她就會認真地欣賞，那神情近乎恭順。他看不出她心裡在想什麼，就連她的年齡都很難判斷。他覺得她的年紀應該介於十三到三十之間，奇怪的是，他又覺得超出這個範圍也不是完全不可能。

偶爾馬林森沒別的事可做，會過來聽音樂，對她的存在深感困惑。他不只一次對康威說，「我想不通她在這裡做什麼。張那樣的老傢伙在這裡學習當喇嘛還算合適，但這種事對年輕女孩有什麼吸引力？我好奇她來這裡多久了？」

「我也好奇，但不會有人告訴我們答案。」

「你覺得她喜歡留在這裡嗎？」

「我必須說她看起來沒有不喜歡。」

「真要說，她看起來根本沒有感情，比較像嬌小的象牙娃娃，不像真人。」

「總之挺討人喜歡的。」

「一定程度上。」

康威笑了。「馬林森，仔細想想，其實是很大程度。畢竟那位象牙娃娃懂禮節，衣著有品味，面容俏麗，大鍵琴彈得不錯，不會像打曲棍球似地在屋子裡兜來轉去。在我印象中，西歐有太多女性欠缺這些優點。」

「康威，你對女性太挑剔。」

康威聽慣了這種指控。他跟女性往來不多，去印度山區的避暑勝地度假幾次，這種名聲跟其他名聲一樣，很容易就固定下來。事實上他有過幾個關係不錯的女性朋友，如果他願意求婚，她們一定會答應，但他沒開口。他一度差點在《晨報》刊登喜訊，可惜那女孩不願意搬到北平，而他不喜歡定居坎布里威爾斯，雙方互不退讓，變成解不開的僵局。過去他跟女性的交往都是試探性的，時斷時續，而且沒有結果。但除此之外，他對女性並不苛責。

他笑著說，「我三十七歲，你二十四歲，差別就在這裡。」

停頓片刻後馬林森忽然問道，「對了，你覺得張幾歲了？」

康威不以為意地說，「四十九到一百四十九之間都有可能。」

不過，這樣的資訊比他們接觸得到的很多訊息更不可靠。他們的好奇心有

38. Arcangelo Corelli（一六五三～一七七三），義大利作曲家，是西洋音樂史上第一位只創作器樂音樂的作曲家。

時得不到滿足，以至於忽略了張隨時願意透露的大量訊息。比方說，山谷居民的習俗與生活習慣不是祕密。康威對山谷的一切很感興趣，從談話中收集到的資訊，或許足以湊成一篇合格的學位論文。他對公共事務感興趣，特別關注山谷居民的治理方式。仔細觀察之後，他發現喇嘛寺的統治手法寬鬆有彈性，並且懷著一份近乎隨意的仁心。這樣的制度肯定是成功的，他每去一次那片沃土樂園，就更加確認。康威好奇這裡的社會秩序靠什麼維持，山谷顯然沒有軍隊也沒有警力，但總得有什麼辦法懲治怙惡不悛之徒吧？張告訴他，犯罪事件非常罕見，部分原因在於只有特別嚴重的行為才會被認定為犯罪，部分原因則是所有人的合理需求都能得到滿足。非不得已的時候，喇嘛寺那些僕從有權力把犯事的人逐出山谷。對於谷民，這是非常極端、非常恐怖的懲罰，發生的機率極低。張接著說，治理藍月谷的主要策略，是讓人們知禮守禮，讓他們知道有些行為「不可取」，如果做了，就受到鄙夷。張說，「你們英國人也在公學灌輸同樣的觀念，只是，雙方對行為的解讀恐怕不同。比方說，我們的谷民覺得對陌生人不友善、彼此惡言攻訐或在群體之中爭強好勝都『不可取』。你們英國學生在遊樂場打鬧，校長們戲稱為模擬戰，在谷民看來，那是全然的野蠻行為，只是不負責任地激發低等本能。」

康威問他谷民會不會為女人起爭端。

「很少發生，因為橫刀奪愛是無禮行為。」

「假使男方實在太想要那女人，根本不在乎無不無禮呢？」

「那麼，先生，另一位男士如果知禮，就該成全對方。那位女士如果知禮，也該欣然同意。康威，你可能想不到，只要發揮一點禮儀，就能完美解決這些問題。」

走訪山谷的期間，康威確實感受到友好知足的氛圍。這讓他特別開心，因為他很清楚，所有的藝術之中，治理的藝術最難做到盡善盡美。然而，他表達讚賞之後，張卻說，「可是，我們認為想要治理得盡善盡美，最好避免治理太多。」

「但你們沒有採用民主機制，比如投票表決之類的？」

「喔，沒有。如果要求我們的人民聲明某一種政策完全正確，另一種完全錯誤，他們會相當震驚。」

康威笑了。對於這樣的態度，他有種古怪的共鳴。

在此同時，布琳洛小姐在學習西藏語的過程中找到屬於她自己的樂趣；馬林森卻是煩躁不安抱怨連連；巴納德依然一派鎮定，不管是真是假，幾乎同樣引人注目。

馬林森說，「坦白說，那傢伙天天樂呵呵，看得我想發火。他想保留隱私無可厚非，但像那樣不停說笑，我就快受不了了。如果我們不盯緊他，他就會變成我們這群人的靈魂人物。」

康威自己也曾經納悶巴納德為什麼輕易就能安心住下來。但他告訴馬林森，「他適應得這麼好，難道不是我們的運氣？」

「我個人覺得這事有蹊蹺。康威，你對他了解多少？我是指他的身分之類的。」

「不比你多多少。我知道他從波斯過來，應該打算探勘石油。他對任何事都那樣蠻不在乎，安排撤離時我費了一番唇舌才說服他跟我們一起走。他最後會同意，是因為我告訴他美國護照擋不了子彈。」

「對了，你看過他的護照嗎？」

「可能看過，不過我不記得了。怎麼了？」

馬林森哈哈笑。「你可能會覺得我多管閒事，但我為什麼不管？在這裡待兩個月，就算有祕密，也不可能守得住。不過這件事純屬意外，當然我也沒有對任何人透露過。我本來甚至不打算告訴你，現在既然談到這個話題，不如就說出來。」

「那是當然，不過你能不能告訴我你在說什麼。」

「很簡單，巴納德用的是假護照。他根本不姓巴納德。」

康威挑起眉毛，看似感興趣，實則不怎麼關切。真要說他對巴納德有什麼感覺，那大概就是一點喜歡吧，但他不至於在乎他是什麼人。他說，「那麼你覺得他是誰？」

「他是查爾默・布蘭特。」

「他是才有鬼！你怎麼會有這種想法？」

「今天早上他的皮夾子掉了，張撿到交給我，他以為是我的。我不小心看到裡面塞滿剪報，我接過來的時候有幾張掉出來。我不介意承認我看了內容，剪報畢竟不是私人文件，也不該是。那些內容都是關於布蘭特和官方的通緝。其中一份刊登一張照片，照片上的人跟巴納德一模一樣，只是多了小鬍子。」

「這事你跟巴納德說了嗎？」

「還沒，我只是把他的東西還給他，什麼也沒說。」

「所以你唯一的依據是你認出報紙上的照片？」

「目前來說，是。」

「我不願意因為這點東西就將人定罪。當然，你的推論可能沒錯，我沒說他**絕對**不是布蘭特。如果他是，就可以說明他為什麼心滿意足待在這裡，他不太可能找到更適合躲藏的地方。」

康威表現得毫不在意，馬林森好像有點失望，他顯然覺得這是驚天動地的大消息。他問，「你打算怎麼做？」

康威想了一下，說道，「我沒什麼想法，可能什麼也不做。不管怎樣，我們又能做什麼？」

「可惡！如果他**真是**布蘭特……」

「親愛的馬林森，就算他是尼祿[39]，現階段也跟我們沒關係！不管他是聖徒或惡棍，我們在這裡這段時間，都只能跟彼此好好相處。我們現在跟他攤牌，一點用處都沒有。當然，如果我在巴斯庫爾就猜到他的身分，一定會想辦法通知德里那邊，那是公職人員應盡的責任。不過現在我應該算是休假期間。」

「你不覺得你這種心態有點懈怠？」

「只要夠明智，我不在乎懈怠不懈怠。」

「所以你建議我忘掉我發現的事？」

「你可能辦不到，但我確實覺得我們兩個最好都保持緘默。不是為了巴納德或布蘭特，或不管他是誰，而是避免我們將來離開以後陷入尷尬處境。」

「你是說我們該放過他？」

「我的說法不同，我們是讓別人去享受逮捕他的樂趣。你跟某個人和和氣氣相處幾個月，再叫警察來抓他，好像不太合適。」

「我不這麼認為，那人根本就是個大規模竊盜犯，我認識的很多人都因為他損失金錢。」

康威聳肩。他欣賞馬林森非黑即白的簡單原則，公學的道德規範或許粗略，卻直截了當。如果某個人犯了法，每個人都有責任讓他接受制裁，只要那

39. Nero（三七～六八），羅馬帝國第五位皇帝，以暴虐和奢華聞名。

人犯的是不容違反的法律，而關於票據、股份和資產負債表的法律肯定是。布蘭特觸犯這種法律，康威雖然不太關注那個案子，卻知道那是同類型案件中相當惡劣的一起。在他印象中，紐約布蘭特集團破產，造成大約一億美金的損失。即使在這個時時改寫紀錄的世界，依然是史無前例的破產事件。康威不是金融專家，他不知道布蘭特在華爾街動了什麼手腳，反正結果就是一張通緝令，他潛逃歐洲，六個國家要求引渡他。

最後康威說，「我的建議是什麼也別說，不是為了他，而是為了我們大家。當然，你想怎麼做隨你，只是別忘了，也許他根本不是那個人。」

然而他是，當天晚餐後事情就揭露了。那時張已經走了，布琳洛小姐又開始研究她的藏語文法，三個流落異鄉的男人坐在一起喝咖啡抽雪茄。稍早用餐時不只一次冷場，幸好有張的機智與親切活絡氣氛。現在張走了，現場變成不愉快的沉默。巴納德難得沒有說笑。康威看得明白，面對巴納德，馬林森沒辦法裝得若無其事。他同樣看出來，巴納德已經敏銳地察覺到事情不對勁。

巴納德突然扔掉雪茄，說道，「看來你們都知道我是誰了。」

馬林森像個小女孩般漲紅了臉，康威用他一貫的平靜語調答，「是，我和馬林森認為我們知道了。」

「我真他媽的粗心大意，剪報隨便亂放。」

「每個人都有粗心大意的時候。」

「你倒是很冷靜，真了不起。」

氣氛再次凝滯，最後被布琳洛小姐尖銳的嗓音打破。「巴納德先生，我不知道你是誰，但我必須說，我早就猜到你化名出行。」他們都好奇地轉頭看她。她繼續說，「我記得先前康威先生說我們的名字都會刊登在報紙上，你說對你沒有影響。那時我就猜想，巴納德可能不是你的本名。」

巴納德又點一根雪茄，慢慢露出笑容。最後他說，「女士，妳不只是個聰明的偵探，還用非常文雅的詞語形容我目前的狀況：『化名出行』。這是妳說的，而且妳說得對極了。至於兩位男士，你們發現我的真實身分，某種程度上我其實不是很遺憾。如果你們沒有起疑，我們大家還能相安無事。可是考慮到我們目前的處境，再繼續瞞著你們未免太無情。你們一直對我很和善，我不想製造太多麻煩。不管是好是壞，我們好像還得相處一段時間，我們只能盡力互相扶持。至於以後的事，順其自然就好。」

康威覺得這番話太通情達理，於是他看巴納德的眼神明顯興致高昂得多，甚至帶著一絲真正的欣賞，雖然在這種時候顯得有點怪。很難想像這個肥胖壯實、像個好爸爸的隨和男人，竟是全球頭號騙子。以他的外表看來，如果教育程度高一點，就會是預備學校的知名校長。他那份歡快背後藏著幾許近期的壓力和憂愁，但那不代表他在強顏歡笑。他顯然表裡如一，是世俗所謂的「好人」，本性像小羔羊，一到職場上就變身鯊魚。

康威說，「是，我也覺得這樣最好。」

巴納德笑呵呵，彷彿他還貯藏著更多好心情，直到此刻才能提取出來。他伸展四肢攤在椅子上，嚷嚷道，「老天，這簡直太離奇，我是指這整件該死的事。跨越整個歐洲，經過土耳其和波斯，去到那鳥不拉屎的小鎮！警察一路窮追不捨，在維也納差點被他們逮到！最初還挺刺激的，一段時間後就有點吃不消。不過我在巴斯庫爾喘了一大口氣，我以為革命期間我會很安全。」

康威淺淺一笑，說道，「確實安全，只是子彈不長眼睛。」

「最終我擔心的也是這點。當時我實在左右為難，是要留在巴斯庫爾挨子彈，或搭上你們政府的飛機，下飛機就戴上手銬。兩條路我都不太想走。」

「這我記得。」

巴納德又笑了。「事情就是這樣。你們大概也猜得到，中途發生變故被帶到這裡來，我其實沒有太擔心。這裡是非常神祕，可是以我個人來說，沒有比這裡更好的地方了。我這人只要滿意了，就不會怨天怨地。」

康威的笑容更加真摯。「這樣的態度非常理性，只是我覺得你理性過了頭。我們都開始好奇你怎麼這麼容易滿足。」

「我**確實**很滿足。一旦習慣以後，這地方就不算太糟。剛來的時候覺得空氣太冷，可是人生總有不如意，至少這裡寧靜安詳。每天秋天我都會去一趟棕櫚灘療養，可是在那些地方也得不到安寧，照樣俗務纏身。這裡的環境正是醫生建議的，我當然心情好極了。我吃的東西跟以前不一樣，不能分析股市行情，經紀人打電話也找不到我。」

「我敢說他做夢也想找到你。」

「當然，有個爛攤子等著收拾，我心裡很清楚。」

他把事情說得太簡單，康威忍不住回應他，「我對所謂的大規模金融交易了解不多。」

他抛出這個話頭，巴納德毫不遲疑就接下，「大規模金融交易，大多是胡扯瞎說。」

「我也這麼認為。」

「康威，我這麼說吧。有個人同一件事做了很多年，其他人也都這麼做。忽然之間市場跟他作對，他也無可奈何，只能打起精神等行情回升。但不知為何行情沒有像過去一樣回升。他賠了大約一千萬美元的時候，在報紙看到有個瑞典教授認為世界末日到了。我問你，這種話對行情有幫助嗎？當然，他有點震驚，但還是無可奈何。如果他一直待在原地，警察就會找上門。所以我溜了。」

「那麼你認為你只是運氣不好？」

「我以前的確賺了不少錢。」

馬林森氣沖沖地說，「其中很多是別人的錢。」

「沒錯。但那是為什麼？是因為他們都想不勞而獲，卻沒那個本事。」

「這話我不同意。那是因為他們信任你，覺得他們的錢很安全。」

「他們的錢不安全，不可能安全。任何事都有風險，覺得不會有風險的人，就像颱風天躲在傘下的笨蛋。」

康威安撫他。「我們都承認你控制不了颱風。」

「我甚至連裝都裝不出來，就像飛機從巴斯庫爾出發後的事，你同樣什麼都做不了。當時在飛機上，我看到馬林森坐立不安，你卻一派冷靜，我就想到了這點。那時你知道你無能為力，而且你一點也不在乎。我公司破產時，我的心情也是一樣。」

馬林森大聲說，「鬼話連篇！任何人都能做到不詐騙，只要遵守遊戲規則就好了。」

「整個遊戲分崩離析的時候，就很難做到。再者，世上沒有人知道遊戲規則是什麼，哈佛和耶魯所有教授都說不清。」

馬林森輕蔑地說，「我指的是日常行為的簡單規則。」

「那麼我猜你的日常行為不包括管理信託公司。」

康威連忙打岔，「最好別吵架。我不介意你拿我跟你做對比，畢竟我們最近都在盲目飛行，既是字面意義，也是比喻。但我們都來到這裡，這是重點。你說我們已經夠幸運了，這點我同意。仔細一想，這事挺有意思，四個人意外被綁架到一千多公里外，其中竟有三個人可以從這件事找到一點安慰。你想要療養和躲藏；布琳洛小姐感受到召喚，想向那些西藏異教徒傳福音。」

馬林森打斷他，「那第三個人是誰？希望不是我。」

康威答，「我說的是我自己。我的理由可能是最簡單的，我只是喜歡這個地方。」

確實，不久後他照例趁著夜色獨自在露台或蓮花池畔散步，體驗到一股非比尋常的身心安頓感。他說的是實話，他真的相當喜歡待在香格里拉。這裡的氛圍安撫人心，那份神祕感卻又令人振奮，整體的感受十分宜人。這些天來，他對喇嘛寺和這裡的人員逐漸得出一個有趣的初步定論。他的大腦在忙碌思索，但在更深層的意義上，他從容自適。他像面對艱深難題的數學家，絞盡腦汁推敲，內心卻平靜淡定，不帶私人感情。

至於布蘭特，他決定繼續把他當巴納德，也這麼稱呼他。對方的事蹟與身分問題很快消失在背景裡，只剩他說的那句「整個遊戲分崩離析」。康威想起這句話，並且從更廣泛的角度解讀，可能連巴納德本人都想不到。他覺得這句話不只適用於美國的銀行與信託管理，也適用於巴斯庫爾、德里和倫敦，更適用於戰火的觸發與帝國的創建，以及領事、貿易特許和總督府的晚宴。那個記憶中的世界到處彌漫著土崩瓦解的濃烈氣味。或許，比起他自己，巴納德的慘狀只是更戲劇化。整個遊戲確實在崩解，幸運的是，玩家通常不需要為他們沒能挽救的碎片受審。從這個角度看來，金融家運氣不好。

但是在這裡，在香格里拉，一切都那麼安詳靜謐。月亮沒有露臉，滿天星斗大放光芒，一抹淡藍光澤籠罩卡拉卡爾山的峰頂。這時康威意識到，如果計畫臨時生變，外界的挑夫突然抵達，縮短他們的等待時間，他不會太慶幸。巴納德也不會，想到這裡他暗自發笑。真的有趣極了。突然之間他知道自己還是喜歡巴納德，否則就不會覺得有趣。一億美元的損失太難以想像，不容易成為討厭某人的理由。如果他只是偷他的錶，就會容易得多。再說，怎麼**可能**會有人會損失一億美金呢？大概就跟內閣大臣快活地宣布「印度成了我的封地」一樣不可能吧。

之後他又想到隨同返鄉的挑夫離開香格里拉的情景。他想像經過漫長的艱

40. Baltistan，位於印度河上游河谷，屬巴基斯坦管轄。

苦旅程，最終抵達錫金或巴提斯坦[40]某個農場主的小平房。他覺得那個時刻應該會叫人欣喜若狂，但也可能令人失望。最初的握手和自我介紹；在俱樂部遊廊小酌；曬成古銅色的臉龐盯著他，不可置信溢於言表。到了德里後免不了要面見總督和總司令；戴頭巾的僕人殷勤致意；沒完沒了的報告要撰寫遞交。也許甚至要回一趟英格蘭和白廳[41]；半島東方公司輪船甲板上的娛樂活動；副首長意興闌珊地跟他握手；接受報社記者採訪；慾求不滿的女人語帶譏諷口氣強硬：「康威先生，你在西藏的時候，是不是真的……」有件事可以確認：他這段經歷可以讓他參加至少三個月的飯局不缺話題。但他會喜歡嗎？他想到戈登在喀土木[42]的最後時日寫下的話，「我寧可跟著馬赫迪托缽苦修，也不願在倫敦夜夜笙歌。」康威對晚宴倒沒那麼反感，只是覺得陳述過去的經歷會讓他太厭煩，也讓他有點傷感。

他想得正入神，忽然意識到張朝他走來。張說話時，原本徐緩的低語加快了些。「先生，我很榮幸能向你傳達重要消息……」

康威的直覺反應是：所以挑夫果然提前抵達了。感覺有點怪異，畢竟他片刻之前才想到這件事。而後他心裡有點難受，覺得自己還沒做好準備。他問，

「什麼事？」

張此時展現的，是他個人最接近興奮的狀態。「親愛的先生，恭喜你。我非常高興，因為這件事跟我有點關係：是我反覆再三強烈推薦，大喇嘛才做出決定。他希望立刻接見你。」

康威的目光帶點著探究。「張，你說話前言不搭後語，出了什麼事？」

「大喇嘛請你過去。」

「這我聽出來了，但有必要大驚小怪嗎？」

「因為這很不尋常，前所未聞。雖然我全力促成這件事，卻沒想到會這麼

41. Whitehall，倫敦西敏區的道路，英國政府重要機關所在。

42. 戈登（Charles George Gordon，一八三三～八五）是英國陸軍少將，曾協助清朝與太平軍作戰，後來調任蘇丹總督。一八八一年蘇丹宗教改革家穆罕默德・艾哈邁德（Muhammad Ahmad，一八四四～八五）以馬赫迪（Mahdi）自居，帶領民眾反抗埃及的統治，在喀木土戰爭（War of Kharoum）大獲全勝，創建蘇丹國。當時埃及是英國殖民地，戰爭爆發後戈登奉命前往撤僑，主動率軍攻打起義者，爆發馬赫迪戰爭。馬赫迪是伊斯蘭教經典中的救世主，據說會在最後審判日前降世。

快實現。你到這裡還不到兩星期，就能見到**他**！這種事從沒發生過！」

「我還是一頭霧水。我要去見你們的大喇嘛，這我知道。沒別的事了嗎？」

「這還不夠嗎？」

康威笑了。「當然夠，請別誤會，我以為你要說的是另一件事。不過先別管那件事。我當然很榮幸，也很樂意跟大喇嘛見面。什麼時候去？」

「就是現在。我奉命帶你過去。」

「現在會不會太晚？」

「這無所謂。親愛的先生，你馬上就可以明白很多事。我個人也相當高興，因為這段彆扭的過渡期終於結束。先前我不得不多次拒絕回答你的問題，我也很頭痛，頭痛極了。以後不會再有那種不愉快的事，我非常開心。」

康威說，「張，你是個怪人。不過我們走吧，別再解釋了。我準備好了，也非常感謝你好意說這番話。請帶路。」

第七章

康威相當冷靜，但舉手投足之間藏著一份熱切。他跟隨張走過那些空蕩蕩的庭院時，那份熱切越來越強烈。如果張的話確實可信，那麼事情就快撥雲見日了。再過不久他就會知道，他那個建構中的推論有沒有表面上看起來那麼荒誕無稽。

除此之外，這肯定會是一次有趣的會面。過去他在職業生涯中見過許多特殊的當權者，他對那些人雖感興趣卻立場超然，通常以精明的眼光評價對方。他有一種不自知的珍貴本領：就算用他所知非常有限的外語，也能說出漂亮的場面話。然而，這次會談中，他主要的角色或許是聆聽者。他發現張帶他走過他沒見過的房間，那些房間都透出昏暗柔和的燈籠光。之後他們爬上螺旋梯，來到一扇門前。張敲敲門，那個藏族僕人應門速度太快，康威覺得他多半就守在門後。喇嘛寺的這一區位在較高樓層，裝飾的高雅程度不輸其他區域，但最顯著的特點是一份乾燥刺癢的暖意，彷彿所有的窗子都緊緊關閉，某種蒸汽加熱的機器正在全力運轉。當他往前走，那份窒悶感更為嚴重，最後張停在一扇門前。如果以身體的感受做為線索，他會猜測裡面是土耳其浴場。

張打開門讓康威進去，低聲說，「大喇嘛單獨見你。」他關門的動作是那麼悄無聲息，以至於他的離去幾乎難以察覺。康威遲疑地站在原地。這個環境悶熱又昏暗，幾秒後他才適應周遭的光線。接著他慢慢勾勒出眼前的房間，深色窗簾，低矮的天花板，內部陳設只有簡單的桌椅。其中一張椅子上坐著一名矮小蒼白、滿臉皺紋的人。那人陰暗的身影紋風不動，像一幅以明暗對照法繪製的古老褪色肖像畫。如果有所謂脫離現實的存在，這就是了，而且附帶一份古典的莊嚴感。那份莊嚴感與其說是一種內涵，不如說是一種光芒。康威有點懷疑自己為什麼感受這麼強烈，不知道這種感受是真實的，或只是他對那幽暗中的濃烈暖意的反應。在那對古老眼眸的注視下，他覺得頭暈目眩，於是往前走了幾步，又停下來。此刻椅子上那個身影的輪廓已經不那麼朦朧，但依然不算具體。那是個穿著中國服飾的老人，那衣裳的褶層與邊飾鬆垮垮地搭在瘦削孱弱的軀體上。那人以流利的英語輕聲問，「康威先生？」

那嗓音有種宜人的撫慰效果，帶點淡淡的憂愁，卻讓康威覺得受到祝福。不過，他再次懷疑是溫度的關係。

他答，「是。」

那聲音接著說，「康威先生，很高興見到你。我請你來，是覺得我們聊一聊對彼此都好。請來我身邊坐下，別害怕，我是個老人，傷害不了任何人。」

康威答，「能跟你見面，我無比榮幸。」

「謝謝你，親愛的康威，容我依英國人的習慣這麼稱呼你。我剛才說了，我非常高興跟你見面。我視力不好，但相信我，除了用眼睛看，我的心也能看見。你來到香格里拉後，過得還舒適吧？」

「舒適極了。」

「那就好。我相信張盡心盡力接待你們，他本人也非常樂意這麼做。他說你問了很多問題，想了解我們這個團體和相關事務？」

「我確實很感興趣。」

「那麼如果你能撥出一點時間，我樂意為你做個簡單介紹。」

「我求之不得。」

「我也是這麼想，也這樣期盼。不過，在我們開始之前……」

他的手極細微地動了一下，旋即有個僕人走進來，以優雅動作沏茶。康威看不出那僕人是如何被召喚進來的。薄如蛋殼的小茶盞盛裝近乎清澈的茶湯，擺放在漆面托盤上。康威熟諳這種儀式，沒有一絲輕慢。那嗓音又傳來，「你對我們的生活方式好像並不陌生？」

康威順從一份他無法分析也無意控制的本心，答道，「我在中國住過幾年。」

「你沒跟張說過這事？」

「沒有。」

「那麼我為什麼有這份榮幸？」

康威通常能夠解釋自己的行為動機，這次卻找不到理由。最後他說，「坦白說，我自己也說不上來，大概是因為我想告訴你。」

「對於一份即將建立的友誼，這是最好的理由。說說看，這是不是最清新的香氣？中國的茶葉種類很多，香氣也濃郁，這種茶是我們山谷的特有品種，在我看來一點也不遜色。」

康威把茶杯舉到唇邊，嘗了一口。茶湯清淡幽微，深奧玄妙，那股若隱若現的餘韻不只落在舌尖，更是縈繞整個口腔。他說，「這滋味令人愉悅，也是我沒品嘗過的。」

「是，就像我們山谷的很多藥草，既獨特又珍貴。當然，這茶適合慢慢品嘗，不只帶著崇敬和喜愛，也要從中獲取最極致的滿足。這是一千五百年多前的顧愷之[43]給我們留下的知名啟示。他吃甘蔗時總是把精華部位留到最後，他說這叫『漸入佳境』。你讀過中國的重要典籍嗎？」

康威說他略有涉獵。他了解品茶的禮儀，這種非關主題的閒談會持續到茶盅送走為止。雖然他急著想聽香格里拉的歷史，對於這個過程卻也樂在其中。無庸置疑，他也不乏顧愷之那份迂迴的感性。

最後，大喇嘛做出指示，僕人再次神祕地進來又出去。香格里拉的大喇嘛開門見山說道：

43. 東晉時期畫家，以人物畫聞名。此處典故見於《晉書·顧愷之傳》：「愷之每食甘蔗，恆自尾至本，人或怪之。云：『漸入佳境。』」

「親愛的康威，或許你大致了解西藏的歷史。張告訴我你經常利用我們的圖書館，我相信你一定讀了這些地區為數不多卻饒富興味的編年史。總之，你該知道，中世紀時景教[44]在亞洲普遍傳揚，即使後來盛況不再，仍然不曾被遺忘。到了十七世紀，在羅馬的推動下，耶穌會英勇的傳教士促成基督教的復興。以我個人淺見，那些耶穌會傳教士的旅程，閱讀起來比聖保羅[45]的事蹟精彩得多。漸漸地，教會的分布越來越廣。如今的歐洲人大多不知道，曾經有長達三十八年的時間，拉薩有個基督教傳教機構。一七一九年有四名方濟各會修士踏上旅程，想知道這些偏遠地帶是不是還有殘存的景教信仰。不過，他們出發的地點是北平，而不是拉薩。

「他們往西南方走了幾個月，途經蘭州和青海，經歷的艱辛你不難想像。其中三個人在途中喪命，那第四個人偶然闖進一處礫石遍布的狹道時，已經奄奄一息。那條路至今依然是進入藍月谷的唯一通道。他既驚且喜地在山谷裡遇見一群友善富庶的人們，那些人毫不遲疑對他展現我們最古老的傳統，也就是對陌生人的殷勤款待。不久後他恢復健康，也開始傳教。山谷的人信奉佛教，卻也願意聽他說，所以他的傳教工作成果相當豐碩。當時這處壁架上有一座古老的喇嘛寺，可是不管在建築上或靈性上，那座寺廟都已經頹敗。那個方濟各會修士的信徒越來越多，於是決定在這個壯麗的地點修建一座基督教修道院。在他的監督下，原有的建築做了整修，大部分都重建，他自己從一七三四年開始在這裡定居，那年他五十三歲。

「接下來我跟你說說這個人的事。他姓佩羅，出生在盧森堡，前往遠東傳教之前曾經在巴黎、波隆那和其他大學求學，算是個學者。關於他的早年生活，目前留存的紀錄不多，但以他的年齡和職業而言，這很正常。他喜歡音樂和美術，特別喜歡學習語言，選定傳教志業以前，他也品嘗過聲色之娛。馬爾普拉凱戰役[46]發生時，他還是個年輕人，親身體驗過戰爭與侵略的恐怖。他體格壯碩，剛到這裡那幾年，他跟大家一起從事勞動工作，自己耕作菜園，向本

44. Nestorian Christianity，基督教聶斯托留教派，由君士坦丁牧首聶斯托留（Nestorius, 約三八六～四五一）創立，曾兩度在基督教大公會議上被判定為異端。聶斯托留教派是最早傳入中國的基督教派，稱為景教。

45. St. Paul（約三～六七），基督教早期最有影響力的傳教士，首創向非猶太人傳教，建立許多教會，將基督教信仰傳遍地中海沿岸。

地居民學習，也教導他們。他在山谷發現金礦，卻沒有動心，反倒對本地的植物和藥草更感興趣。他為人謙遜，一點也不偏執。他不贊同一夫多妻制，卻覺得沒有必要抨擊人們對唐加子漿果的喜愛。唐加子漿果據說具有療效，但之所以受歡迎，主要是因為它有輕微的麻醉效果。事實上，佩羅本人也上癮。他用這種方式接受本地生活之中他認為無害且愉快的所有面向，並且以西方的心靈財富做為回報。他不是禁慾主義者，他喜歡人間的美好事物，除了傳揚教義，也教導信徒烹飪。我希望讓你知道他是個真誠積極、學識豐富、個性單純又熱忱的人，除了傳教之外，也能放下身段穿上石匠的工作服，捲起袖子建造這些屋舍。當然，那樣的工作格外吃力，只能靠他的驕傲與堅定去克服。我說驕傲，因為這無疑是初期最主要的動力。他以自己的信仰為榮，因此相信既然喬達摩[47]能激勵人在香格里拉的壁架建造佛寺，羅馬也能辦到。

「但歲月流逝，他自然而然漸漸轉向其他更平和的活動。奮力拚搏終究是年輕人的氣概，而修道院建成時，佩羅已經有了年紀。容我提醒你，他跟教會高層之間的距離主要是時間，而不是空間，所以他在職務上理當享有一定程度的決定權。但嚴格來說，他很少行使這樣的職權。不過山谷裡的居民和修士本身並沒有任何疑慮，他們喜愛他、服從他，隨著時間過去，也越來越尊敬他。習慣上他每隔一段時間會向北平的主教遞交報告，但那些報告很少順利送到主教手上。他猜測送信的人可能在旅途中遇難，因此越來越不願意讓他們去冒險。大約十八世紀中期以後，他就不再做這件事。不過，他早期的某些報告可能順利送達，教會對他的作為起疑，因為一七六九年有個陌生人帶來一封十二年前的信，召喚佩羅前往羅馬。

「如果那紙命令準時送達，那麼他會在七十多歲時收到。但信件延誤了，他收到時已經八十九歲，不可能長途跋涉走過叢山峻嶺和高原，也熬不過荒野裡凌厲罡風和刺骨嚴寒的摧殘。因此，他謙恭有禮地回信解釋他的境況，可是他的信好像並沒有成功穿越那片大山。

46. Malplaquet，發生在一七〇九年，是西班牙王位繼承戰爭之一，交戰者一方以法國為主，另一方則是英國、荷蘭、奧地利等國聯軍。

47. 指悉達多．喬達摩（Siddhartha Gautama），佛教奠基人，後世尊稱釋迦牟尼，意為釋迦族的聖者。

「於是佩羅繼續留在香格里拉。他不是故意違抗上級的命令，只是基於身體狀況無法聽從。總之他已經垂垂老矣，死亡或許很快就會終結他的生命和他的抗命行為。到這時，他創立的機構已經發生微妙的變化。這或許可悲可嘆，卻不是太叫人吃驚，畢竟沒有人能憑一己之力連根拔除整個時代的習慣與傳統。他自己孤木難撐時，沒有西方同仁來扶他一把。再者，這個地點擁有如此截然不同的古老記憶，當初選中它或許是個錯誤，是一種奢求。話說回來，要求一個白髮蒼蒼的九旬老人醒悟到自己犯下的錯，難道不是更大的奢求？總之，當時的佩羅並沒有意識到這點，他年紀太大，也太快樂。他的追隨者即使忘懷他的教誨，也依然忠實。山谷裡的居民對他滿懷恭敬孺慕，即使他們重拾過去的習俗，他也越來越容易原諒他們。他還是積極活躍，身體機能依然格外靈敏。到了九十八歲時，他開始研讀香格里拉過去的修行人撰寫的佛教著作，打算用他的餘生寫一本書，以正統信仰的觀點批駁佛教。他確實完成了這項任務，我們收藏了完整的手稿。只是，他的批駁十分溫和，因為當時他已經是個百歲老人，到了這種年紀，再多的尖酸刻薄都會淡化。

「你大概猜得到，這時他很多早期門徒已經逝去，替補的卻不多。古老方濟各會編制內的成員人數持續減少，從曾經的八十多人，降到後來的二十人，而後剩下十二人，其中大多數都到了桑榆暮景之年。這時的佩羅只是平靜地活著，安詳地等待與世長辭。他太老邁，不會為疾病感到苦惱，也沒有任何不滿。如今只有永恆的睡眠能帶走他，而他並不害怕。谷民好意為他提供飲食和衣物，他的圖書館讓他有事可做。他身體已經相當虛弱，卻還是克盡職責，打起精神主持重大宗教儀式。其他那些平靜的日子他就撰寫書籍和回憶錄，也享受麻醉藥物帶來的輕微迷幻。他的大腦依然格外清明，甚至能研習印度人稱之為瑜伽的神祕修煉。這種修煉以各種特殊的呼吸法為基礎，對於這麼高齡的人，具有一定的危險性。事實也是如此，因為到了難忘的一七八九年，消息傳到山谷，佩羅的生命終於接近終點。

「親愛的康威，當時他就躺在這個房間。他在這裡可以看見窗外的卡拉卡爾山，由於視力退化，他只看見一片朦朧的白。但他也能用心靈看見，能夠想像出他半世紀前第一次見到的那個無可比擬的清晰輪廓。他也看到他一生的全部經歷，奇異地在他眼前搬演。穿越荒野與高地的那些歲月；西方城市擁擠的人潮；馬爾博洛公爵[48]聲勢浩大耀眼奪目的軍隊。他的意識漸漸變細薄，最後剩下雪白的寧靜。他已經做好準備，願意也樂意離開人世。他把朋友和僕人召到身邊，跟他們道別，而後要求他們全部離開。他希望在這樣的孤獨裡，在他的軀體下沉、心靈上升到至福境界的時刻，拋下他的靈魂……可惜他沒能如願。他就這麼躺了幾星期，沒有說話也沒有動彈，之後開始康復。當時他一百零八歲。」

那低語聲停頓片刻，康威微微一動。他覺得大喇嘛彷彿置身遙遠的私人夢境，正在流暢地轉譯夢境內容。最後大喇嘛接著說：

「正如所有在生死關頭徘徊太久的人一樣，佩羅見到某種別具意義的遠景，帶著回到人間。關於這個遠景，稍後會再細說，這裡我只說明他那些不同凡響的行動和作為。他沒有像預期中那樣靜待身體復原，而是投入嚴格的自我訓練，並且反常地縱容自己使用麻醉藥劑。藥物的使用結合深度呼吸訓練，看起來不是什麼延年益壽的良方。然而，一七九四年最後一個老修士死亡時，佩羅本人還在人世。

「當時香格里拉如果有哪個人的幽默感足夠扭曲，那他一定會忍不住發笑。那個老態龍鐘的方濟各會修士靠他自己研究出來的神祕方法養生，已經十多年沒再退化。在山谷居民眼中，他多了神祕色彩，像個擁有神奇力量的隱士，獨自居住在那片驚險的崖壁上。但人們依然崇敬他，於是，攀登到香格里拉，獻上簡單的禮物，或做點那地方需要的勞務，變成一項功德，能帶來好運。對於這些朝聖者，佩羅都為他們賜福，彷彿忘記他們都是迷失或偏離真理的羔羊。因為如今在山谷的寺廟裡，『讚美主』和『嗡嘛呢唄咪吽』的誦禱聲和平共存。

「新的世紀來到，這個傳奇已經發展成精彩荒誕的民間故事。據說佩羅已經成神，能創造奇蹟，某些夜晚他會飛到卡拉卡爾山的山頂，對著天空高舉蠟燭。每逢月圓之夜，卡拉卡爾山上總有一團灰暗，但我不需要多說，你該知道佩羅或其他人都不曾登頂。雖然看起來沒必要，但我會提起這件事，是因為有太多不可靠的證詞宣稱佩羅做過、也有能力做各種不可能的事。比方說，有人

48. Duke of Marlborough，英國軍事將領兼政治家，本名約翰・邱吉爾（John Churchill，一六五〇～一七二二），曾參與前文提到的馬爾普拉凱戰役。

聲稱他能飄浮。這種事在佛教神祕學裡有太多描述，但更合理的真相是，他的確做過許多這方面的嘗試，只是沒有成功。不過，他確實發現到，普通的感官如果受損，可以發展其他感官來替代。他練成了心靈感應技巧，這也許相當了不起。另外，他雖然沒有宣稱自己擁有特定療癒能力，但他的存在本身有一種特質，對某些病症具有療效。

「你應該會想知道他如何度過那些沒有人到達過的年歲。總結來說，他的心態是，既然他沒有在正常年紀死亡，就沒有理由認定未來某個時間他會或不會死亡。他已經確認自己的異常，所以不難相信這份異常可能會持續下去，也可能隨時中止。既然如此，他不再把長期以來重視的迫切任務放在心上，開始活出一直以來都想要、卻很難實現的人生。不管經歷了多少世事變遷生命浮沉，他內心深處始終嚮往的，是學者的平靜生涯。他的記憶力相當驚人，似乎已經脫離肉體的束縛，進入無比清晰的更高境界。現在的他彷彿可以不費吹灰之力學會**所有知識**，比學生時代學習**任何知識**都輕鬆得多。當然，他很快就發現他需要書籍。不過他手邊還有幾本當初帶來的書，你也許有興趣知道那其中包括英文文法和字典，還有弗洛里奧翻譯的蒙田[49]。藉由這些書，他掌握了貴國語言的精妙複雜之處。我們的圖書館還保存著他最早期的語言學習作：他將蒙田的短文〈論虛榮〉譯成藏文，無疑是一篇獨特的譯文。」

康威笑著說，「如果可以的話，我希望有機會拜讀一番。」

「榮幸之至。你也許會認為那是格外不切實際的成就，但別忘了，當時的佩羅已經活到格外不切實際的年齡。如果沒有這樣的消遣，他會覺得孤單寂寞，至少在一八〇四年以前是如此。一八〇四年我們這個機構發生一件大事：第二個來自歐洲的陌生人抵達藍月谷。那是個名叫漢修爾的奧地利年輕人，曾經在義大利跟拿破崙的軍隊作戰，出身貴族名門，學養豐富，風度翩翩。戰爭斷送了他的前程，他浪跡天涯，經由俄羅斯進入亞洲，尋找東山再起的機會。如果能知道他來到高原的過程，應該很有意思，可惜他自己也記不太清楚。事實上，他來到這裡的時候只剩一口氣，就跟當年的佩羅一樣。香格里拉同樣對

49. 弗洛里奧（John Florio，約一五五三～一六二五），文藝復興時期英國詩人兼翻譯家，譯有蒙田《隨筆集》（*Les Essais*）。蒙田（Michel de Montaigne，一五三三～九二）是文藝復興時期法國哲學家，他的《隨筆集》在西方文學史上占有重要地位。

他展現熱情，他恢復健康，但他走的路線跟佩羅大不相同。佩羅選擇傳教，招收信徒，漢修爾則是立刻被金礦吸引。一開始他打算靠金礦致富，盡快回到歐洲。

「但他沒有回去。奇怪的事發生了，只不過，之後同樣的事太常發生，也許現在我們必須承認那多半不算太奇怪。山谷的生活太祥和，讓人徹底擺脫塵世的煩惱，所以他出發的日期再三拖延。有一天他聽到當地的傳說，首度爬上香格里拉跟佩羅見面。

「從最真實的意義來說，那次會面是歷史性的一刻。佩羅雖然已經超越了友誼或喜愛這些人類情感，心靈上卻還保有豐沛的仁慈。對於年輕的漢修爾，這份仁慈就像灑在乾涸大地上的甘霖。他們兩人之間的往來我不需要多說，其中一個懷著最高的崇拜，另一個則分享他的知識、他的麻醉藥劑，以及他僅剩的真實，也就是這場瘋狂夢境。」

那話聲停頓下來。康威輕聲說，「抱歉，剛才的話我不太明白。」

「我知道。」那輕聲細語飽含著理解。「如果你聽懂，就太不尋常了。在我們的談話結束以前，我會為你解惑，但請你諒解，現階段我希望聊些簡單的內容。有件事你會感興趣，那就是漢修爾開始收集中國藝術品，也收集書籍和樂器樂譜。他不畏艱難去了一趟北平，在一八〇九年帶回第一批物品。之後他沒有再離開山谷，但他聰明地建立了一套複雜機制，方便喇嘛寺從外面的世界取得任何需要的東西。」

「你們想必發現黃金很受賣方歡迎？」

「我們很幸運，能擁有這種其他地方如此看重的金屬。」

「這麼受看重，你們還能避開淘金熱，運氣很不錯。」

大喇嘛微微頷首表示贊同。「親愛的康威，那是漢修爾最擔心的事。他一直很小心，不讓那些送書和藝術品過來的挑夫靠得太近。他讓他們把貨物留在離這裡一天腳程的地方，再由谷民去拿回來。他甚至安排崗哨，時時監看那條山路的入口。不過他很快就發現還有一個更簡便、更終極的防護。」

「是什麼？」康威的嗓子漸漸發緊。

「你也看得出來，我們不需要擔心軍隊入侵。基於這地方的天然環境和跟外界的距離，那根本不可能。最可能發生的情況，是幾個迷途旅人誤闖進來。這種人就算帶著武器，多半也太虛弱，構不成威脅。於是香格里拉做出決定，日後陌生人想來就來，只是有個重要但書。

「之後那些年，的確有陌生人進來。其中有中國商人，他們為了經商跨越那片高原，在眾多山路之中碰巧選中這一條。還有遊牧的藏民，他們為了放牧遠離自己的部落，偶爾會迷路，像一群疲累的動物來到這裡。這些人都受到誠摯歡迎，只是有些人好不容易找到山谷，卻沒有熬過來。滑鐵盧戰爭[50]那年，兩名英格蘭傳教士到來。他們經由陸路去到北平，走一處無名山路穿過大山，格外幸運地來到山谷，平靜得像上門拜訪。一八二〇年有個希臘貿易商走到那條山路的最高點，被發現時已經命在旦夕，隨行的僕人也都飢寒交迫疾病纏身。一八二二年三名西班牙人隱約聽說了黃金的傳言，經歷一連串迷途與失望，才來到這裡。一八三〇年來了一群人，有兩名德國人、一個俄國人、一個英格蘭人和一個瑞典人，他們穿過險惡的天山山脈，懷抱著一份日漸普遍的動機，也就是科學探索。到了那個時候，香格里拉對訪客的態度已經稍做調整。我們不只歡迎意外走進山谷的訪客，也會去迎接來到方圓一定距離內的人。這麼做的原因我稍後再談，但這點相當重要，因為它透露一個事實：過去喇嘛寺對外人雖然歡迎卻不重視，如今卻需要、也希望有更多人到來。確實，之後那些年不只一支探險隊遠遠望見卡拉卡爾山，讚嘆之餘遇見使者真誠地邀請他們入谷，通常都不會拒絕。

「那時喇嘛寺已經慢慢發展成目前的狀態。我必須強調，漢修爾精明幹練才華出眾，香格里拉能有今天，他的功勞比起當年的創辦者毫不遜色。我經常在想，是啊，毫不遜色。因為他做事穩當又厚道，每個機構發展到特定階段，都需要這樣的掌舵者。多虧他傾注畢生心血，在過世前建下太多功業，否則他的離去，對我們會是無法挽救的損失。」

康威抬起頭。「他**死了！**」他的語氣只是複述，沒有質疑。

「是，事情很突然。他被殺了，是在你們的印度兵變[51]的前一年。他過世前

50. Waterloo，發生在一八一五年，英國、荷蘭和普魯士共同對抗法國，是當時的法蘭西皇帝拿破崙（Napoleon，一七六九～一八二一）與反法同盟的最後一場戰役，結果拿破崙戰敗，法蘭西第一帝國也因此覆滅。

51. 發生在一八五七年，起因眾說紛紜，主要是印度土著兵譁變，到次年大致被英國政府平定，名存實亡的蒙兀兒帝國末代皇帝被俘，帝國正式滅亡。

不久有個中國畫家幫他畫了一幅速寫，你有興趣現在可以看看，就在這個房間裡。」

他又輕輕做了個手勢，僕人再度出現。康威像個心神恍惚的旁觀者，看著那人先是拉開房間另一頭的小布簾，而後在陰暗處留下一盞搖曳的燈籠。這時他聽見那個低語聲邀請他過去觀看，離奇的是，他竟覺得舉步維艱。

他踉踉蹌蹌站起來，走向那晃蕩的光圈。那幅彩墨速寫不大，差不多袖珍肖像畫大小，但畫家用心描繪出蠟像般的細膩膚質。畫中人五官俊美非凡，那神態幾乎像個少女。康威在那姣好面容之中看見一份奇特的個人魅力，甚至跨越時間、死亡與畫工的障礙。但在那驚豔的第一眼之後，他意識到一件最詭異的事：那是一張年輕男子的臉龐。

他轉身走開，結結巴巴說，「可是……你剛才說……這是他過世前不久畫的？」

「是，畫得相當逼真。」

「那麼，如果他在你說的那一年過世……」

「是那一年。」

「而你告訴我他一八〇三年來到這裡，那時他還年輕。」

「是。」

康威沉默片刻，又艱難地打起精神問，「你剛才說他被殺了？」

「是，被一個英國人開槍射殺。那個英國人也是探險隊成員，事情發生在他來到香格里拉幾星期後。」

「原因是什麼？」

「他們發生爭吵，是關於挑夫的事。漢修爾向他說明我們接待訪客的重要但書。這是個艱鉅任務，從那以後，雖然我身體衰弱，卻也不得不親力親為。」

大喇嘛這回停頓得更久，那沉默帶有一絲探詢意味。他再度開口時，只說，「親愛的康威，你或許好奇那但書是什麼？」

康威答得緩慢，音量極低，「我大概猜到了。」

「你猜到了嗎？那麼你聽完我這段冗長又離奇的故事之後，還猜到別的嗎？」

康威思考著該如何回應，只覺腦子昏沉沉。此刻這房間像陰暗的漩渦，那和善的高齡老者就在漩渦的中心。剛才他一直全神貫注傾聽，或許因此忽略了其中最重要的暗示。現在他只是思考著該如何陳述，就震驚得不知所措。腦海中那份漸漸成形的確定感化作語言時，幾乎梗塞在喉。他訥訥地說，「這事好像不可能。但我忍不住那麼想……太驚人……太離奇……不可思議……對我來說卻未必**完全**不可信……」

「孩子，什麼事不可能？」

康威激動得渾身顫抖。他不明白自己為什麼激動，也沒想隱藏。他答，

「**你不可能還在人世，佩羅神父。**」

第八章

接下來是一段靜默，因為大喇嘛命人再送些茶水點心過來。康威不覺得奇怪，老人說了這麼多話，想必極度耗神，他自己也需要放鬆一下。不管是從美學或其他任何角度來看，這段中場休息都非常可喜。那小巧的茶盞結合相應的茶道儀式，作用相當於樂曲中的即興獨奏。他的這些念頭似乎變成大喇嘛心靈感應能力的證明（除非只是巧合），因為大喇嘛緊接著聊起音樂，還說他很高興在這方面香格里拉沒有讓康威失望。康威得體地應對，並且表示他沒想到喇嘛寺收藏的歐洲作曲家曲譜這麼齊全。大喇嘛一面緩慢啜飲茶湯，一面感謝康威的恭維。「啊，親愛的康威，我們很幸運，因為我們有個成員是才華洋溢的音樂家。事實上，他曾經是蕭邦的弟子，所以我們樂於把整個音樂沙龍交給他負責。你一定得見見他。」

「我很樂意。對了，張告訴我你最喜歡的西方作曲家是莫札特。」

「確實是。莫札特有一份質樸的優雅，讓我們感到愉悅。他打造的屋舍大小適中，而且用完美的品味裝飾它。」

他們就這樣聊著，直到茶具被收走。這時康威的心緒已經恢復平靜。「回到我們剛才的話題，你打算留下我們？我猜這就是那個始終不變的重要但書？」

「孩子，你猜得沒錯。」

「換句話說，我們要在這裡度過一生？」

「我更願意引用你們英語最貼切的慣用語：我們一起在這裡度過『圓滿人生』。」

「我想不通的是，世界上那麼多人，為什麼選中我們四個？」

大喇嘛恢復稍早那種更鄭重的態度，說道，「這件事千頭萬緒，你願意聽，我就說。你必須知道，我們一直盡可能招收新成員。除了其他理由之外，經常有不同年齡、代表不同時期的人加入，是值得開心的事。很可惜，自從不久前的歐洲戰爭和俄羅斯革命[52]之後，西藏地區的旅遊和探險活動幾乎完全停滯。我們最後一位訪客一九一二年到來，是一名日本人，坦白說，不是理想的人選。親愛的康威，我們不是招搖撞騙欺世盜名的人，我們不會、也無法保證所有案例都能成功。有些訪客在這裡得不到任何好處，也有些人只是活到正常的老年，然後死於某種無足輕重的疾病。一般說來，我們發現藏族人因為習慣了這裡的海拔和其他生活條件，敏感度比外來種族低得多。他們是很迷人的民族，我們吸納了不少，但我覺得他們之中不會有太多人能活到一百歲。華人比他們好一點，但失敗率還是挺高。無庸置疑，成效最明顯的個案是歐洲的斯堪地納維亞和拉丁族群。美國人的適應力或許跟他們旗鼓相當。我覺得我們非常幸運，因為終於來了個美國人，就是你的同伴之一。但我還得回答你的問題。如我所說，目前的情況是，我們已經將近二十年沒有迎來新訪客，但這段期間有幾個人離開人世，所以問題開始浮現。不過，幾年前我們有個成員提出全新想法，想解決我們的難題。他是個年輕人，是山谷的居民，絕對可信，也完全

52. 歐洲戰爭指一九一四到一九一八年的第一次世界大戰。俄羅斯革命指一九一七年俄羅斯境內發生的一連串革命，次年俄羅斯末代皇帝尼古拉二世（Nicholas II，一八六八～一九一八）被處死，君主專制正式結束。

認同我們的方針。只是，他跟所有谷民一樣，天生無法擁有其他遠來訪客的好運。他建議我們允許他離開，前往鄰近的國家，以過去的年代辦不到的方式為我們帶來新同仁。很多方面來說，那是個革命性的提議，我們深思熟慮之後，還是答應他。因為即使在香格里拉，我們也得與時並進。」

「你是說，他奉命出去，用飛機把人帶回來？」

「他是個才華出眾、聰明睿智的年輕人，我們對他深具信心。那是他提出的想法，所以我們放手讓他去執行。我們只知道，他計畫的第一階段，是進美國的飛行學校學習。」

「那其他事他是怎麼辦成的？那架飛機會去到巴斯庫爾，純屬偶然。」

「確實，親愛的康威，很多事都是偶然。但塔魯等待的，正是這樣的偶然。如果他沒碰上這次，也許一兩年內又會有另一次，或者，也許他永遠等不到。當時我們的崗哨傳來消息，說他在高原降落，坦白說我很吃驚。航空業發展迅速，但我覺得應該要到更久以後，一般的飛機才會具備飛越這種高山的能力。」

「那不是一般的飛機。那架飛機相當特殊，專門為飛越高山而設計。」

「又是偶然？我們的年輕朋友實在幸運。可惜我們沒辦法跟他討論這件事。失去他，我們都非常哀傷。康威，你會喜歡他的。」

康威輕輕點頭，覺得有此可能。靜默半晌後，他說，「但這一切到底是為什麼？」

「孩子，你問這個問題的方式帶給我無盡的愉悅。很長一段時間以來，不曾有人用這麼平和的語調提出這個問題。我吐露這些事之後，得到的反應無奇不有，憤慨、苦惱、暴怒、懷疑和歇斯底里，直到今晚，才遇到一個純粹感興趣的人。不過，我衷心歡迎這樣的態度。今天你感興趣，明天你就會關切，最後，或許我能得到你的忠誠。」

「我不願意做出這樣的承諾。」

「你不相信我的話，我很高興，因為那正是深刻又重大的信念的基礎……不過我們沒必要爭辯。現在你感興趣，這就很不錯了。我只有一個額外的要求，那就是這些事暫時對你的三位同伴保密。」

康威沉默不語。

「等時機到了，他們也會知道這一切。但為了他們好，那個時機宜遲不宜早。我對你的智慧深具信心，知道你會做出你我心目中最好的抉擇，所以不要求你承諾。現在讓我來為你描繪一幅非常討喜的景象。從世俗的標準而言，你還是個年輕人，套用一句俗話，生命的長路還在你眼前。正常的情況下，未來二十或三十年裡，你的活動量會逐漸減少，但程度極輕。這樣的前景十分可喜，在我看來那卻是一段稀薄、沉悶又太狂亂的間奏，但我不期待你跟我有同感。你生命最初那二十五年籠罩在年少無知的烏雲裡，做不了什麼事。到了生命最後那二十五年，你年老體衰，那烏雲只會更加濃厚。在那兩團烏雲之間，能照耀人類生命的陽光多麼短暫細薄！然而，你或許是命定的幸運兒，因為以香格里拉的標準而言，你的陽光歲月幾乎還沒開始。也許未來幾十年你一點都不會變老，會跟漢修爾一樣，擁有漫長又神奇的青春。不過，那只是初期的表面現象。之後你會跟其他人一樣老化，只是速度緩慢得多，老後的狀態也體面得多。到了八十歲，你也許還能踩著年輕人的步伐攀登到那處隘口。只不過，等到一百六十歲，就別再期待這樣的壯舉。我們無法創造奇蹟，也沒有征服死亡，連衰老都避免不了。我們目前做到的，以及未來偶爾能辦到的，只是減緩名為『生命』這個短暫過程的**節奏**。我們的方法在這裡做起來有多麼不費力，在其他地方就有多麼不可能。但請別誤會，終點等著我們大家。

「儘管如此，我向你揭露的，依舊是一個充滿吸引力的前景。那是悠長的平靜時光，你欣賞一次落日，相當於外界的人聽見一次鐘聲報時，只是少了很多煩憂。隨著時間流逝，你會超越肉體的享樂，進展到更質樸、卻同樣令人滿足的境界。你的體力與食欲或許不再靈敏，但你失去多少，就會得到多少。你會收穫安寧與沉靜，成熟與智慧，還有美好清晰的記憶。最珍貴的是，你會擁有**時間**。時間是一種稀有又甜美的贈禮，你們西方國家追逐得越用力，就失去越多。花點時間想一想。你會有時間閱讀，不需要再為了節省幾分鐘匆匆瀏覽，也不需要擔心某些題材讀來太忘我，不敢放膽去鑽研。你也喜歡音樂，那麼，有了時間，這裡有數不清的曲譜和樂器，靜靜等著為你獻出最豐富的樂音。另外，你也是善於交際的人，難道不想建立睿智穩重的友誼，享受漫長友好的心靈交流，不致被腳步倉促的死亡打斷？或者，如果你偏愛獨處，難道不能善用我們的各處涼亭，沉浸在雋永的思緒裡？」

那低語聲暫時停歇，康威沒有填補這段空白。

「親愛的康威，你沒有說話。請包涵我的喋喋不休。在我那個時代和我的國家，侃侃而談稱不上無禮。不過也許你想到留在外面的妻子、父母和子女？

或者，你還有未實現的雄心壯志？相信我，一開始那份痛楚或許難以承受，但十年後它就絲毫困擾不到你。但如果我沒看錯，你並沒有這方面的憂傷。」

康威為對方的準確判斷感到震驚。他答，「確實，我未婚，沒有多少親近的朋友，也沒有雄心壯志。」

「沒有雄心壯志？那麼你是如何避開這種普遍流傳的疾患？」

直到此刻，康威才真正進入交談模式。他說，「我始終覺得，我這個行業所謂的成功大多不是我喜歡的，而且需要付出的努力往往超出職責所需。我在領事館任職，職位不算高，不過很適合我。」

「但你並沒有投入你的靈魂？」

「我的靈魂和我的心都沒有，投入的精力也不超過一半。我天性疏懶。」

大喇嘛的皺紋更深，也更歪扭，康威這才發現對方可能在笑。那低語聲再度傳來，「懶得去做蠢事，可能是極好的美德。不管怎樣，我們這裡不強求這樣的事。我相信張跟你說過我們的中道原則，而行動便是我們始終保持適度的項目之一。比方說，我本身學了十種語言，如果我過度努力，我學會的可能就是二十種。但我沒有。其他方面也一樣，你會發現我們既不縱慾，也不禁慾。

除非我們到了應當謹慎的年歲，否則我們樂於品嘗美味的食物。為了年輕同事著想，我們慶幸山谷的女性在貞潔方面也秉持適度原則。綜合考量之下，我深信你輕而易舉就能適應我們的模式。對此張十分樂觀，今天跟你會談之後，我也是。不過，我必須承認，你具有一種古怪的特質，在此之前我不曾在其他訪客身上見到過。那稱不上憤世嫉俗，更不是怨天尤人。那可能是一定程度的幻滅，但它同時也是心智的清明，我以為至少要活到一百歲，才能到達這種境界。如果要用最簡單的語詞形容，我會說那是無悲無喜。」

康威說，「這個詞很貼切。我不知道你們會不會把外來訪客分類，如果會，你可以把我標記為『一九一四到一八』[53]。這麼一來，我會覺得自己是你們古董收藏館裡獨特的標本。跟我一起來的三位同伴不適合這個標籤。我在那些年耗盡我大多數的熱情和精力。雖然我很少提到那些事，但在那之後，我對這個世界只有一個要求，那就是別煩我。這地方有一種魅力和寧靜，相當吸引

53. 第一次世界大戰發生的時間。

我。而且你說得對，我能適應這裡。」

「孩子，還有別的話要說嗎？」

「希望我現在的表現符合你們的適度原則。」

「張說得沒錯，你是個聰明人，非常聰明。只是，我描述的前景之中，沒有任何東西能激發你更強烈的感受嗎？」

康威靜默了片刻，而後說，「你陳述的那些舊事讓我很震撼，但坦白說，我對你描繪的未來並沒有具體感受。我沒辦法預見那麼遙遠的未來。如果我明天、下星期、甚至明年必須離開香格里拉，當然會覺得遺憾。可是我活到一百歲的時候會有什麼感覺，我現在無法預測。我可以面對它，就像面對任何未來，但想要我去渴望它，它必須要有意義。我有時候會懷疑生命本身究竟有沒有意義，如果沒有，長壽肯定更沒有意義。」

「我的朋友，這棟建築的傳統，不管是佛教或基督教，都能幫你解惑。」

「也許吧。但我還是需要更具體的理由，才會羨慕百歲人瑞。」

「確實有個理由，而且非常明確。那是這些偶然闖入的外地人長命百歲的全部理由。我們不是任意為之，不是異想天開。我們有夢想，有遠景。

九年瀕死的老佩羅躺在這個房間，第一次看見那個遠景。當時他回顧自己漫長的人生，赫然發現最美好的事物都短暫易逝，總有一天都會被戰爭、貪欲和暴行摧毀，直到徹底消失。他記得自己親眼目睹的景象，也在心裡想像其他情景。他看到那些國家漸漸強大，但增長的不是智慧，而是鄙陋的激情和摧毀的意志。他看見他們的機械力量倍數成長，直到一個人只要帶著一件武器，就足以抵擋舊時代偉大君主的全部兵力。他還看到，等他們把陸地和海洋都變成廢墟，就會向空中發展。你能說這樣的遠景不真實嗎？」

「的確真實。」

「這還沒完。他還預見有朝一日人類太沉迷於殺人手段，會對整個世界大開殺戒，所有珍貴物品都面臨危險，書籍、圖畫和樂曲，兩千年來累積的每一件珍寶，微小的、脆弱的、無力抵抗的，都會像李維[54]的書一樣失傳，或像北

54. 指羅馬歷史學家蒂托・李維（Titus Livius, 西元前五九～一七），作品大多逸失，只留下一本《羅馬史》（*Ab Urbe Condita*）。

平的圓明園慘遭英國人破壞。」

「這方面我的看法跟你相同。」

「當然。但面對鋼鐵武器，理性的人的看法算什麼？相信我，老佩羅看見的遠景會成真。孩子，正因如此，我才會在這裡，你也來到這裡。也因為這樣，我們或許有機會度過正從四面八方包圍過來的厄運。」

「度過？」

「是有這個機會。在你活到我這個年紀以前，那一切都會過去。」

「你覺得香格里拉能倖免？」

「也許。我們不奢求他們仁慈，卻有可能被他們忽略。我們留在這裡，有書籍、音樂和冥想相伴，保存一個接近尾聲的時代脆弱的珍品，追尋人類激情耗盡後會需要的智慧。我們需要守護並留下一份傳承。在那個時刻來到之前，我們先品味人生。」

「然後呢？」

「然後，孩子，等到強者彼此吞噬，基督教倫理或許終於能夠實現，溫順的人會繼承地球。」

那低語聲加重了語氣，康威臣服於那份美感。他再次察覺到周遭暗潮洶湧，但現在那是一種象徵，彷彿外面的世界已經開始醞釀風暴。接著他看見香格里拉的大喇嘛有了動靜，他從椅子上站起來，直挺挺站著，像半隱半現的鬼魂。基於禮貌，康威伸手去扶，突然之間，一股發自內心的衝動掌控了他，他做了從來不曾對任何人做過的事。他跪在老人面前，根本不知道自己為什麼這麼做。

他說，「神父，我明白你的意思。」

他不太清楚自己最後如何告辭離開，他停留在夢境裡，直到很久以後才終於脫離。他記得離開暖和的上層房間後，感受到夜晚的冰冷空氣，也記得張就在他身旁，沉默又平靜，兩人一起走過星光下的庭院。他從沒見過如此絕美的香格里拉。他想像山谷就在懸崖邊緣的另一方，那畫面像波瀾不興的深邃池塘，與他自己的寧靜思緒相呼應。他的震驚已經消退。那段循序漸進的長談清空了他的心靈，只留下一份滿足感，既是心靈與情感上的滿足，也是精神上的滿足。就連他的疑惑也不再困擾他，變成某種微妙的和諧。張沒有說話，他也沒有。夜已深，他慶幸其他人都睡了。

第九章

第二天早晨他不禁納悶，他記憶中殘存的那一切，究竟是清醒時或睡夢中見到的景象。

很快有人來提醒他。去吃早餐的時候，同伴們拋出一個又一個問題。巴納德搶先問他，「你昨天晚上跟大喇嘛聊了很久。我們本來想等你，後來太累了。他是什麼樣的人？」

馬林森急切地問，「他有沒有提到挑夫的事？」

布琳洛小姐說，「希望你跟他提起有個傳教士要駐紮在這裡。」

這一連串轟炸激起康威慣常的防衛機制。他輕易就進入狀況，說道，「恐怕要令各位失望了。我沒有跟他討論傳教的事，他也沒有提到挑夫。至於他的樣貌，我只能說他是個高齡老者，說一口流利英語，也相當聰明。」

馬林森不悅地打岔。「我們最需要知道的是他可不可靠。你覺得他會不會不管我們？」

「我不覺得他會做卑鄙的事。」

「你為什麼不問他挑夫的事？」

「當時沒想到。」

馬林森不可置信地瞪著他。「康威，我搞不懂你。你在巴斯庫爾表現得那麼出色，我覺得你好像換了個人，好像已經徹底崩潰了。」

「抱歉。」

「道歉有什麼用。你該振作起來，好好關心眼前的事。」

「你誤解我的意思。我是說我很抱歉讓你失望。」

康威語氣簡慢，這是他刻意裝出來的，只為隱藏內心的感受。其實他此刻心情太複雜，其他人根本看不透。不過，這麼輕易就搪塞過去，他自己都有點詫異。顯然他打算聽從大喇嘛的建議，暫時保密。他也想不通自己為什麼毫不勉強就接受這個角色，同伴們肯定會視他為叛徒，也有正當理由這麼做。就像馬林森說的，這不是英雄會做的事。康威忽然對馬林森這個年輕人產生一股帶點憐憫的喜愛。而後他硬起心腸，想著：既然崇拜英雄，就得做好幻滅的準備。在巴斯庫爾時的馬林森太稚嫩，一心崇拜英明的長官，如今那個長官即使還沒跌下神壇，也已經搖搖欲墜。偶像不管多麼虛假，粉碎時總是有點可嘆。他一直掩飾真實的自我，馬林森的仰慕或多或少緩解那份壓力。如今他不可能再偽裝。也許是因為海拔的關係，香格里拉的空氣有一種特質，讓人無法隱藏內心的情感。

他說，「馬林森，老是提巴斯庫爾一點用也沒有。當時的我當然跟現在不一樣，情勢完全不同。」

「在我看來，那時的情勢正常得多，至少我們知道自己在對抗什麼。」

「也就是謀殺和強暴，如果你認為那些比較正常的話。」

馬林森拔高音調反駁，「某種意義上，我**確實**認為那比較正常。比起這些捉摸不透的謎團，我寧可面對那些。」他突然又問，「比如那個中國女孩，她又是怎麼來到這裡的？那傢伙跟你說了嗎？」

「沒有。他為什麼要說。」

「為什麼不？如果你對這些事有一點關心，怎麼會不問？一個年輕女孩跟一群僧人住在一起，這種事很尋常嗎？」

康威倒是沒有從這個角度思考過，尋思片刻後，他只能答，「這不是普通的僧院。」

「我的天，確實不是！」

空氣陷入沉寂，因為他們的爭論顯然已經走進死胡同。在康威看來，羅岑的過去好像不是重點。那個滿族小姑娘靜靜停留在他腦海某個角落，他幾乎意識不到她的存在。布琳洛小姐即使坐在早餐桌旁都在學藏語（康威意在言外地暗想，她反正有一輩子的時間啊），這時她聽見他們提起羅岑，猛然從藏語文法書抬起頭。女孩與僧侶的話題讓她想到印度廟宇的故事，那些故事都是從教會已婚女同事那裡聽來的，而那些已婚同事又是聽她們的傳教士丈夫說的。她緊抿著雙唇說，「當然，這地方的道德觀簡直駭人聽聞，我們早該想到的。」她轉頭看著巴納德，像在爭取他的認同。巴納德只是露齒而笑，乾巴巴地說，「關於道德的事，各位應該不會想聽我的意見。但我覺得口角爭執也一樣糟糕。既然短時間之內我們要一起待在這裡，不如克制一下脾氣，保持愉快心情。」

康威覺得這是個好主意，馬林森卻還氣不過，他話中有話，「我相信你覺得這裡比達特摩爾愉快得多。」

「達特摩爾？喔，你們的監獄在那裡？我懂了。是啊，我從來不羨慕待在那裡面的人。順道一提，你這樣挖苦我一點用也沒有，我這人臉皮厚心腸軟。」

康威用欣賞的目光瞥了他一眼，看馬林森的眼神則帶點責備。只是，他忽然有種感覺，他們好像都在巨大的舞台上表演，舞台的背景只有他清楚。懷著這種不能宣之於口的認知，他突然想一個人獨處。他對他們點點頭，走向外面的庭院。卡拉卡爾山映入眼簾後，所有的煩憂都消失了。他神奇地接受了這個同伴們怎麼也猜不到的新世界，對他們的歉疚也不復存在。他領悟到，如果所有的事都離奇古怪，經過一段時間後，人們就越來越難再察覺任何古怪。到那時人們會將一切視為理所當然，只因自己和他人都已經震驚到厭煩。他在香格里拉已經進展到這一步，他記得當年在戰場上也曾有過這樣的心境，只是那份鎮定遠遠不如現在這般愜意。

他需要鎮定，就算只是為了適應他不得不應對的雙面生活。從此以後，跟三位流落異鄉的同伴相處時，就陪他們一起等候挑夫的到來，一起期待回到印度。在其他時間裡，地平線像簾幕般升起，時間延長了，空間縮小了，藍月這個名稱也多了一層象徵意義：彷彿那如假似真的未來，只會出現在千載難逢的藍月升空時。有時他會納悶，他如今的雙面生活，哪一面比較真實。不過，這問題並不急迫。他再度想起大戰，因為在槍林彈雨中，他也感受到一份安心，覺得他有很多人生，而死亡只能奪走其一。

當然，如今張對他毫無保留，他們經常談論喇嘛寺的規矩和日常。康威得知，最初五年他會過著正常生活，不需要遵循特殊的養生法。就像張說的，「這是為了讓身體適應這裡的海拔，也利用這段時間放下精神與情感上的遺憾。」

康威笑著說，「這麼說來，你們認為人類的情愛撐不過五年的離別？」

張答，「肯定能超過五年，但只會變成一縷可堪玩味的悵然。」

張接著說，五年的過渡期之後，就會展開延緩老化的程序。如果成功的話，接下來大約半世紀的時間，康威的外貌會維持在四十歲左右，算是定格在不錯的年齡段。

康威問，「那麼你呢？你又是什麼情況？」

「親愛的先生，我運氣不錯，來到這裡的時候還相當年輕，只有二十二歲。我是個軍人，你可能想不到。一八五五年我奉上級命令來這裡剿匪。如果我有機會回去向上級長官報告，我會說當時我正在偵察敵蹤。但事情的真相是我在山區迷路了，手下一百多個士兵只有七個熬過嚴苛的氣候。等我終於獲救被帶到香格里拉，已經命懸一線，憑藉我的年輕與體力才存活下來。」

康威一面重複張的話，一面在心裡計算著，「二十二歲？所以你九十七歲了？」

「是，如果喇嘛們同意，我很快就能成為真正的喇嘛。」

「原來如此。你必須等到滿一百歲？」

「不，我們沒有明確的年齡限制。只是，超過一百歲後，日常生活中的激情與情緒多半都會消退。」

「我也這麼認為。那麼之後呢？你的壽命會有多長？」

「我成為喇嘛後，應該可以擁有香格里拉的人會有的壽命。用年歲來說，也許再活一百年或更久。」

康威點點頭。「不知道該不該恭賀你，你好像得到兩個世界的優勢，有過漫長又愉快的青春，未來則有漫長又愉快的老年。你的容貌從什麼時候開始變老？」

「七十歲以後。通常都是這樣，只不過，我覺得我現在的外表還是比實際年齡年輕。」

「絕對是的。如果你現在離開山谷，會有什麼後果？」

「會死。只要我在外面停留超過短短幾天。」

「那麼這裡的環境是必要條件？」

「世上只有一個藍月谷，想找到另一處，是對大自然的過度索求。」

「假設你在外表還年輕的時候離開山谷，比如三十年前，會怎麼樣？」

張答，「即使在那時候，我也可能會死。不管怎樣，我會立刻變回實際年齡該有的模樣。過去有過一些案例，但幾年前有個例子相當奇特。當時我們收到消息，知道有一支隊伍來到附近，我們有個成員離開山谷去尋找。他是俄羅斯人，當年來到這裡時還處於生命巔峰期，非常適應這裡的生活，八十歲時看起來不超過四十。他預計一星期內就會回來，一星期不會有什麼影響。可惜他被遊牧部落俘虜，帶到更遠的地方去。我們以為他發生意外，再也回不來。然而，三個月後他順利逃脫，回到山谷。可是他已經徹底變樣了。他的年齡全然展現在他的面貌和舉止上，不久後他就過世了，正常的衰老死亡。」

康威沉默了一段時間。他們在圖書館說話，大部分的時間裡他的視線都投向窗外，凝望那個通往外界的隘口。一小片雲朵飄過山脊。他終於開口，「張，這故事聽來有點毛骨悚然，讓人覺得時間像某種受阻的野獸，在谷外守候，等著襲擊這些躲避它太久的懶蟲。」

張問，「**懶蟲**？」他英語知識夠豐富，但還有些口語他並不熟悉。

康威解釋，「懶蟲，俗話指散漫的人，一無是處的傢伙。當然，我沒有批評的意思。」

張躬身行禮，謝謝康威的說明。他對語言格外感興趣，喜歡用哲學的角度評估新辭彙。他沉思片刻後說，「很有意思，英國人認為散漫是一種惡。比起緊繃，我們寧可散漫。目前這個世界還不夠緊繃嗎？如果更多散漫的人，會不會好一點？」

康威用嚴肅中帶點興味的口氣說，「我不反對你的見解。」

跟大喇嘛會談後那一個星期裡，康威見了幾個未來同事。張為他介紹那些人，既不熱切，也沒有不情願。康威意識到一種對他而言相當吸引人的全新氛圍：急迫並不叫人心煩，延遲也不令人失望。就像張說的，「確實，有些喇嘛可能很久以後才會見你，也許要等幾年。但你不需要感到驚訝，時機一到，他們會樂於跟你認識。他們不急著見你，不代表不願意見你。」康威在外國領事館拜會新任官員的時候，經常也有這種感覺，所以完全可以理解。

不過，見新同仁的過程十分順利。跟比他年長兩倍的人談話，並沒有出現在倫敦或德里社交場合可能有的尷尬場面。他見到的第一個人是個和藹的德國人，名叫麥斯特，一八八〇年代來到喇嘛寺，是一支探險隊的生還者。他英語相當流利，帶點德國腔。一、兩天後康威認識了第二個人，這人大喇嘛特別提到過，初次見面時康威跟他聊得很開心。這人叫阿方斯・布里亞克，是個法國人，瘦削結實，個子不高，看上去不算太老，但他自稱是蕭邦的學生。康威覺得布里亞克和那個德國人應該都不難相處。他已經下意識地展開分析，又見過幾次面後，得到一、兩個一般性結論。他發現，他見過的喇嘛雖然具有個別差異，卻都具有同樣的特質，那個特質用「忘齡」來形容不算太貼切，卻是他唯一想得到的。此外，他們都具備一種平靜的智慧，會親和地從他們審慎又明智的見解中流露出來。對於那樣的談話，康威能夠做出最恰當的回應，而且他知道對方感受到了，也非常滿意。他發現他們很容易親近，就像他會遇見的任何有文化素養的人一樣。只是，他們總在不經意間回想起那麼久以前的事，聽起來不免有點怪異。舉例來說，有個白髮蒼蒼面容慈祥的人跟康威聊了幾句後，問他喜不喜歡勃朗特姐妹[55]的作品。康威說還算喜歡。那人說，「一八四〇年代我在西瑞丁區當助理牧師，曾經造訪哈沃斯鎮，在牧師公館留宿過。來到這裡以後我一直在研究勃朗特這個題材，還寫了一本書，也許你有興趣找個時間跟我一起讀？」

康威給予友好回應。事後他跟張獨處，不禁讚嘆喇嘛們對來到西藏以前的生活竟還記憶猶新。張說那是修行的一部分。「親愛的先生，想要保持頭腦清晰，第一步就是用全景的視角去檢視自己的過去。不管觀看什麼樣的景物，全景視角總是比較正確。你在這裡待久了以後，會發現過去的人生漸漸聚焦，就像望遠鏡對準了焦距。你生命中的大小事件會浮現出來，靜止不動，清晰鮮明，依序排列，各自體現出正確的意義。比方說，你的新朋友察覺到，他整個人生最重大的事件，是年輕時去過一棟住著老牧師和他三個女兒的房子。」

「所以我要開始回憶我生命中的重要時刻？」

「不需要費力回想，它們會主動來找你。」

康威悶悶不樂說，「我未必歡迎它們。」

不管過去會帶來什麼，至少他在當下找到快樂。他在圖書館讀書或在音樂室彈莫札特時，經常被一股深沉的靈性情感滲透，彷彿香格里拉果然是某種活生生的本質，從歲月的神奇力量中提純出來，違逆時間與死亡，奇蹟般保存下來。在這種時刻，他會回想起跟大喇嘛的對談。每一次這樣的回想，他都意識到有一股平靜的智慧溫柔地將他包覆，用連綿不絕的低語撫慰他的聽覺與視覺。羅岑彈奏某種繁複精妙的賦格曲時，他就以這種狀態聆聽，看著她的雙唇似有若無地掛著花朵般的清冷笑容，心裡納悶著，那微笑背後藏著什麼。即使她已經知道康威懂她的語言，也很少跟他說話。面對偶爾造訪音樂室的馬林森

55. 指英國小說家夏綠蒂（Charlotte Brontë，一八一六～五五）、艾蜜莉（Emily Brontë，一八一八～四八）和安妮・勃朗特（Anne Brontë，一八二〇～四九）。後文提到的哈沃斯鎮（Haworth）牧師公館是她們的住所。

時，她幾乎不發一語。但康威注意到，有一份迷人風采在她的沉默中展露無遺。

他曾經向張探詢她的過往，得知她出自滿族皇室。「她被許配給突厥斯坦某個王子，準備去喀什噶爾跟他成婚，隨行人員在山區迷路，如果不是遇見我們照慣例派去的使者，他們恐怕都難逃死劫。」

「那是什麼時候的事？」

「一八八四年，那年她十八歲。」

「那年十八歲？」

張躬身行禮。「是，你也看出來了，她是十分成功的案例，一直維持顯著的進步。」

「她剛來的時候有什麼反應？」

「她不太願意接受這一切，反應比一般人強烈一點。她沒有出聲抗議，但我們知道她曾經憂心如焚。當然，把成親路上的女孩攔截下來，確實不太尋常，我們都特別希望她在這裡能過得開心。」張溫和地笑道，「雖然五年的時間足夠淡化一切，但愛情的喜悅恐怕沒那麼容易消散。」

「那麼她深愛她的未婚夫？」

「親愛的先生，這不太可能，畢竟她沒見過他。過去的習俗就是這樣。她對愛情的憧憬跟對象無關。」

康威點點頭，對羅岑多了一份憐惜。他想像半個世紀前的她會有的模樣，端莊地坐在華麗的轎子裡，轎夫扛著她在高原上艱苦跋涉。她放眼望去，滿目盡是被狂風吹襲的大地，見慣了東方的庭園和蓮池，那樣的景象想必難以接受。想到這樣的典雅女子受困這麼多年，他嘆道，「可憐的孩子！」知悉她的過去，他反而更喜歡她的嫻靜與沉默。她就像冰冷美麗的花瓶，唯一的裝飾，是一抹散逸的光輝。

布里亞克跟他談論蕭邦，以精湛的技法彈奏那些熟悉曲目時，他也十分愉悅，只是少了點沉醉。布里亞克記得幾支蕭邦沒有發表過的曲子，也謄寫下來，於是康威開心地花了點時間背下來。想到科爾托和帕赫曼[56]都沒有這份運

56. 科爾托（Alfred Denis Cortot, 一八七七～一九六二）是法國鋼琴家，帕赫曼（Vladimir de Pachmann, 一八四八～一九三三）則是德裔俄籍鋼琴家，兩人都擅長演奏蕭邦樂曲。

氣，不禁覺得好笑。布里亞克記住的不只這些，他經常回想起蕭邦扔掉或在某些場合即興創作的零碎段落，只要想起來，就立刻用紙筆抄下來，其中某些片段相當動聽。張說，「布里亞克才修行不久，如果他太常提起蕭邦，請多包涵。年輕的喇嘛自然會專注在過去，這是預想未來的必經階段。」

「所以預想未來是年長喇嘛的任務？」

「是。比方說，大喇嘛絕大多數時間幾乎都在做超視覺冥想。」

康威思索片刻，問道，「對了，我什麼時候能再見到他？」

「親愛的先生，肯定是在第一個五年結束時。」

張這個自信滿滿的預言並不準確，因為康威來到香格里拉不到一個月，就二度被召喚到上層那個燠熱的房間。張跟他說過，大喇嘛從來沒有離開過自己的住處，那裡的高溫有利於維持大喇嘛的軀體的存在。康威有了心理準備，覺得溫度的變化已經沒那麼難忍受。事實上，他向大喇嘛行禮，看見那對深陷的眼眸給他最細微的回應後，呼吸就順暢了。他覺得跟那雙眼睛背後的心靈相當投契，雖然知道這麼快就再次被召喚是史無前例的榮譽，卻一點也不緊張，也沒有被這莊嚴的一刻壓得手足無措。他不看重階級或種族的差別，同樣也不在乎年齡差距，從來不會因為某人太年輕或太老，就無法喜歡對方。他對大喇嘛懷抱最真誠的敬意，卻也認為他們彼此往來時應該平等相待。

他們照慣例寒暄，康威回答了許多客套問題。他說他在這裡過得非常愉快，也開始結交朋友。

「你沒有跟三名同伴透露我們的祕密？」

「是，到目前為止還沒。有時候我的處境會有點尷尬，不過如果告訴他們，只怕會更尷尬。」

「我猜也是這樣。你做了你覺得最正確的選擇，那份尷尬終究只是暫時的。張告訴我其中兩位不會有太多問題。」

「我也這麼認為。」

「第三位呢？」

康威答，「馬林森情緒容易激動，他一心一意想回去。」

「你喜歡他？」

「是。我非常喜歡他。」

這時僕人送來兩盞茶，兩人啜飲著芳香的茶湯，話題也輕鬆了些。這是很合宜的做法，讓交流的言辭沾染清淡的茶香，康威沉浸其中。大喇嘛問他香格里拉是不是他見過最獨特的地方，西方世界找得到任何相似地點嗎？他笑著答，「有的。實不相瞞，這地方讓我想起牛津，我以前在那裡教書。牛津的風景比不上這裡，但研習的內容通常也這麼不切實際。雖然那裡最高齡的教師也不算太老，但他們老化的模式好像跟這裡類似。」

大喇嘛說，「親愛的康威，你有幽默感。未來幾年我們都會為此感到慶幸。」

第十章

張聽說康威又見了大喇嘛，說道，「非同小可。」對於一個極力避免使用誇飾辭彙的人，這聲感嘆意義重大。張強調，自從喇嘛寺的常規建立，就沒有發生過這種事。在五年的過渡期將迷途者的情感清理乾淨之前，大喇嘛通常不會見對方第二次。「因為見一般的新人很耗損他的元氣。沒有人喜歡處理人類的情感，到了他這種年紀，那更是難以忍受的不快。當然，他這麼做一定有他的道理。這件事帶給我們一個重要啟示：就連我們這個團體不變的規則，也只是適度不變。但這件事還是非同小可。」

當然，在康威看來這沒什麼特別的，等他第三、第四次見到大喇嘛，更覺得稀鬆平常。不過，彷彿命中注定似的，他們兩人輕易就能心意相通。康威覺得他內心潛藏的所有緊張情緒都舒緩了，離開時心中已經毫無波瀾。有時他會感受到那種對至上智慧的掌控，徹底沉迷其中。然後，淺藍色小茶盞起落交錯間，茶道儀式會濃縮成一股歡快氣息。那氣息如此輕柔、如此細微，他彷彿看到數學定理平靜地消融，幻化成一首十四行詩。

他們的話題海闊天空，無所忌諱，所有的哲理都鋪展開來，悠長的歷史主動接受他們檢驗，被賦予全新的可信度。對於康威，這是令人心醉神馳的體驗，但他依然保有批判精神。有一次他主張自己的論點，大喇嘛說，「孩子，你年齡不大，卻有老成的智慧。你一定經歷過不平常的事？」

康威笑了。「我這一代很多人都有相同經歷。」

「我沒遇見過你像這樣的人。」

康威思索片刻後答道，「也沒什麼好奇怪的。你看到的那個老成的我，是因為太早遭遇震撼事件，以至於心力交瘁。我在十九到二十二歲那段期間學到非常寶貴的一堂課，卻也耗盡精力。」

「大戰期間你很不開心？」

「也不算特別不開心。那時的我心情激動、奮不顧身、恐懼又魯莽，有時候滿腔怒火。事實上，就跟其他百千萬人沒什麼不同。我發酒瘋、殺人、縱慾，樣樣做得有聲有色。那是放縱自己的所有情感，如果能挺得過來，會感受到極度的厭倦和焦躁。所以之後那些年才會那麼難熬。不要覺得我的人生太悲慘，大致說來，之後我的運氣還不錯。那有點像上學時遇到差勁校長，你願意的話可以找到很多樂趣，但時不時會覺得心煩，而且總是不太稱心如意。我大概比大多數人感受更深刻一點。」

「所以你那堂課還持續著？」

康威聳聳肩。「我不妨改編一句古諺：『也許激情耗盡後，智慧就會升起』[57]。」

「孩子，那也是香格里拉的信條。」

「我知道，所以我在這裡相當自在。」

他說的是實話。隨著日子一天天過去，他漸漸感受到身心合一的滿足感。就像佩羅、漢修爾和其他人一樣，他也被那股魔力收服。藍月將他擄獲，他無法逃脫。周遭的山巒熠熠生輝，像一道無法逾越的純淨圍籬。他的視線暈暈然往下，投向谷底那抹翠綠。這幅景色舉世無雙。等到聽見大鍵琴清脆悠揚的樂

57. 這裡指的可能是古希臘哲學家蘇格拉底的名言，「看見無知，就是智慧的開始。」

音從蓮花池另一邊傳來，他覺得那樂音交織出景色與聲音的完美組合。

他心裡清楚，他悄悄愛上那個滿族小姑娘。他的愛無所求，甚至不需要回應。那是心靈的獻禮，他的感官只是添加一分韻味。在他心目中，她象徵纖細脆弱的一切，她那獨特的禮儀和在琴鍵上飛躍的手指，營造出令人十足心喜的親密感。有時他用特別的方式跟她說話，只要她願意，就能發展出更親近的對談。然而，她的回應從來不曾洩露她內心細膩的思維。某種意義上，他也不希望探究太多。他已經領悟到那可望到手的寶石的某個切面：他擁有時間，足夠讓他想要的一切發生。他的時間如此充裕，就連欲望本身也因為必然得到滿足而熄滅。即使經過一年、十年，他還有時間。那幅願景在他心中顯現，他覺得滿心歡喜。

而後，每隔一段時間他會走進另一面人生，去面對馬林森的焦灼、巴納德的熱忱和布琳洛小姐強悍的意圖。他覺得，等他們知道他知道的一切，他會很高興。他跟張一樣，也覺得巴納德和布琳洛小姐反應都不會太激烈。他甚至一度被逗樂了，因為巴納德對他說，「康威，我敢說在這種小地方安頓下來也不錯。一開始我以為我會想念報紙和電影，不過人類的適應力很強。」

康威贊同道，「我也這麼認為。」

事後他得知張曾經應巴納德要求帶他下山，去山谷享受當地人所能提供的一切娛樂，就像在都市享受「夜生活」。馬林森聽說之後嗤之以鼻。他跟康威說，「八成喝得爛醉。」又提醒巴納德，「這當然不關我的事，不過你最好保持體力應付回程的旅途。挑夫大概兩星期內會到，根據我的判斷，回去的路程不會太輕鬆。」

巴納德鎮定自若地點點頭。他說，「的確不會太輕鬆。至於體力，我現在比過去幾年都健康。我每天運動，無憂無慮，山谷那些酒吧不會讓人喝過頭。適度，這裡的座右銘。」

馬林森諷刺地說，「是啊，我相信你在這裡適度尋歡作樂。」

「那是當然。這個機構照顧到所有人的喜好。有些人喜歡彈鋼琴的中國小妞，不是嗎？各人喜好不同，不能為這種事怪罪人。」

康威一點也不生氣，馬林森卻像中學生似地羞紅了臉。「如果他們喜歡別人的財產，就能送他們去坐牢。」他被激怒，口無遮攔言辭犀利。

巴納德樂呵呵地答，「沒錯，只要你能逮到他們。既然聊到這個，有件事我不如現在告訴你們。我決定不跟那些挑夫走。他們每隔一段時間就會過來，我打算等下一趟，或下下趟。前提是，那些和尚願意相信我能付得起食宿費用。」

「你是說你不跟我們走？」

「沒錯，我決定在這裡住一陣日子。你當然想回去，到時候會有樂隊敲鑼打鼓歡迎你，但等著我的只會是一隊警察。我越想越覺得那畫面不太美。」

「換句話說，你只是害怕那個場面？」

「反正我從來不愛熱鬧。」

馬林森冷冷地嘲諷，「這是你自己的事。就算你打算一輩子都留在這裡，也沒人能阻止。」話雖如此，他還是環顧一圈，爭取認同。「不是所有人都會做這種選擇，但人各有志。康威，你怎麼說？」

「我同意，的確人各有志。」

馬林森轉向布琳洛小姐。布琳洛小姐忽然放下書本說，「我想我也會留下來。」

其他人齊聲驚呼，「**什麼？**」

她露出明朗的笑容，只是笑意不達眼底。她說，「我一直在回想我們來到這裡的過程，只能歸納出一個結論：有一股神祕力量在背後運作。康威先生，你也這麼認為吧？」

康威多半會覺得有口難言，但布琳洛小姐迫不及待接著說，「我有什麼資格質疑神的旨意？我被送到這裡是有原因的，所以我要留下來。」

馬林森問，「妳是說妳打算在這裡傳教？」

「不只是打算，而是打定主意去做。我知道該怎麼跟那些人周旋。別擔心，我一定會成功的，他們都沒有真正的意志力。」

「所以妳打算幫他們培養一點？」

「是的，馬林森先生。我強烈反對我們在這裡太常聽到的那個『適度』原則。你願意的話可以說那是心胸開闊，但我個人認為那會導致最嚴重的散漫。這裡的人的問題根源，就在他們所謂的心胸開闊，我決定全力以赴對抗它。」

康威笑著說，「所以他們心胸如此開闊，允許妳這麼做？」

巴納德插嘴說，「或者她意志足夠頑強，他們阻止不了她。」他咯咯笑，又補了一句，「就像我剛才說的，這個機構照顧到所有人的喜好。」

馬林森口氣不善，「也許吧，如果你碰巧**喜歡**牢房的話。」

「嗯，即使在這方面，也可以從兩個角度來看。老天，只要想想世上有多少人願意付出一切遠離那片混亂來到這樣的地方，卻逃不出來！那麼坐牢的究竟是**我們**，還是**他們**？」

馬林森反駁，「籠子裡的猴子這麼想是比較安心。」他還是氣急敗壞。事後他單獨找康威說話，一面在庭院裡來回踱步，一面說道，「那傢伙老是惹毛我。他不跟我們回去，我一點也不遺憾。你可能覺得我太敏感，可是他拿那個中國女孩取笑我，一點也不幽默。」

康威拉住馬林森手臂。他越來越確定自己非常喜歡這個年輕人，儘管彼此想法不一致，幾星期以來的相處仍然加深這份情感。他答，「我倒覺得他提起那女孩取笑的是我，不是你。」

「不，我認為他取笑的是我。他知道我對她有興趣。康威，我確實對她感興趣。我不知道她為什麼來到這裡，也不清楚她是不是真的喜歡待在這地方。老天，如果我像你一樣懂中文，就能找她問個清楚。」

「我不確定你能問得出來，她很少跟人交談。」

「我想不通你為什麼不纏著她打破砂鍋問到底？」

「我不太喜歡纏著人追問。」

他真希望可以透露更多事，但忽然之間一種憐憫中摻雜反諷的感受襲來，像薄霧般將他籠罩。這個年輕人急切又激動，可能接受不了真相。他說，「如果我是你，就不會替羅岑擔心。她過得很不錯。」

巴納德和布琳洛小姐決定留下來，康威覺得這是好事，雖然這麼一來他和馬林森明顯站在他們的對立面。這樣的局面很棘手，他想不出解決方案。

幸好看起來不需要解決。等待挑夫的這兩個月，不會發生什麼事。兩個月之後必然有一起危機，嚴重的程度卻又不是他所能預期。基於這種種理由，他決定不去擔心無法避免的事。不過他曾經說，「張，我很為馬林森擔憂。等他發現真相，可能承受不住。」

張點點頭，有點同情地說，「是，恐怕很難讓他相信這是一種幸運。不過，困難是一時的。過個二十年他的心態就會變平和。」

康威覺得張看這件事的角度太哲學。他說，「我不知道該怎麼跟他說出真相。他一直數著日子等挑夫到來，萬一他們沒來……」

「但他們肯定會來。」

「是嗎？我以為你提到挑夫的事，只是編出來安撫我們，以免我們受到太大的打擊。」

「絕不是。香格里拉的習慣是保持適度誠實，雖然我們在這方面並不執著。關於挑夫的事，我可以向你保證我說的幾乎都是真話。總之，我們預期他們會在我說的那個時間前後抵達。」

「那麼你很難阻止馬林森跟他們走。」

「我們也不打算那麼做。他只會經由親身體驗得知，那些挑夫即使願意，也無法帶任何人出去。」

「原來如此。這就是你們的辦法？那麼你認為之後事情會怎麼發展？」

「親愛的先生，因為他年輕又樂觀，所以經過一段時間的失望後，會開始期待下一批挑夫。那些人大約九到十個月後到達，他會覺得他們可能更容易答應他的要求。如果我們夠明智，就不該太早澆熄他的願望。」

康威尖銳地說，「我不確定他會那麼做，反倒覺得他更可能選擇自己逃走。」

「**逃走**？用這個詞**真的**合適嗎？那個隘口就在那裡，任何人任何時候都可以走。除了大自然本身安排的，我們這裡沒有別的獄卒。」

康威笑了。「嗯，你不得不承認大自然安排得無懈可擊。但不管怎樣，我還是不相信你們每一次都靠大自然。那些來到這裡的探險隊呢？如果他們想離開，那個隘口也任他們通行嗎？」

這回換張露出微笑。「親愛的先生，有時候特殊情況需要特殊考量。」

「妙極了。所以你們給人們機會逃走，都是因為確定他們是在做傻事？即使是，我猜還是有人會那麼做。」

「發生過少數幾次。但是，那些人在高原上度過一夜後，通常很樂意回來。」

「餐風露宿，也沒有保暖衣物？如果是，我不難理解你們的溫和策略跟嚴厲策略一樣有效。但那些沒有回來的極少數案例呢？」

張答，「你已經回答自己的問題，他們沒有回來。」但他連忙補充，「但我可以向你保證，這種不幸案例真的少之又少。我相信你朋友沒那麼衝動，不會加入他們的行列。」

這番話並沒有讓康威感到安心，馬林森的未來仍然是他最關注的事。他希望馬林森有機會獲准離開，這種事並非史無前例，飛行員塔魯就是最近的例子。張承認，高層的人有絕對的權限，只要是明智的事，他們都會去做。「可是親愛的先生，把我們的未來完全寄託在你朋友的感恩圖報上，這樣算明智嗎？」

康威覺得這個問題很中肯，因為馬林森表現得清楚明白，讓人毫不懷疑他到印度之後會做些什麼。那是他最喜歡的話題，也經常大放厥詞。

當然，那一切都在那個塵世裡，此刻他的心靈被香格里拉這個華麗世界占滿，那個塵世漸漸被排擠出去。除非想到馬林森，否則他無比知足。這個徐徐展露在他眼前的全新環境竟是如此符合他的需求和品味，經常叫他嘖嘖稱奇。

他曾經對張說，「對了，你們怎麼處理愛情這個議題？我猜來到這裡的人偶爾也會墜入情網？」

張笑得燦爛，「相當常見。當然，喇嘛都能免疫，我們這些年紀夠大的人也是。可是在那之前，我們跟所有人一樣。唯一的差別是，我敢說我們比較理性。康威先生，容我利用這個機會向你保證，香格里拉的待客之道是全方位的。你的朋友巴納德先生已經體驗過了。」

康威回應對方的笑，乾巴巴地答，「謝謝。我相信他體驗到了，但我個人暫時沒有這種想法。我好奇的是情感層面，而不是肉體層面。」

「你輕易就能區別這兩種層面？你會不會已經愛上羅岑？」

康威有點震驚，但他希望自己沒有表露出來。「你為什麼這麼問？」

「因為，親愛的先生，你愛上她也沒什麼不妥，當然，切記要適度。羅岑不會有任何情感上的回應，這點可能超出你的預料，但我保證這會是美好的體驗。我的話有參考價值，因為我年輕時也愛上過她。」

「你愛上過她？她當時回應了嗎？」

「只是用最迷人的態度感謝我對她的讚美，並且給我一份日益珍貴的友誼。」

「換句話說，她沒有回應你？」

「你要這麼說也可以。」而後張又有點賣弄地補充，「她向來避免追求者品嘗到得償所願的饜足。」

康威哈哈笑。「你當然沒問題，也許我也是，但如果是馬林森那樣的熱血青年呢？」

「親愛的先生，那會是最好的事！羅岑不會是第一次撫慰驚覺返鄉無望的悲傷訪客。」

「**撫慰**？」

「請別誤會我的意思。不是身體上的撫慰，羅岑只會用她的陪伴觸動那顆受創的心。你們的莎士比亞是怎麼形容克麗奧佩托拉的？『她越是給人滿足，就越使人饑渴。』[58]對於那些愛情至上的種族，這樣的女性無疑深受喜愛。但我向你保證，這樣的女性在香格里拉會格格不入。我不妨修改那句名言，羅岑『能**消除**渴求，正因她讓人**求之不得**。』那是更微妙、更持久的成就。」

「我猜她這方面的技巧爐火純青？」

「那是必然的，我們這裡有過許多例子。她有辦法撫平欲望的悸動，讓它變成淡淡的呢喃，即使得不到回應，依然甘之如飴。」

「這麼說來，你們可以把她當成香格里拉的訓練工具？」

張的口氣溫和中帶點不以為然，「**你**願意的話，可以這麼想。但將她比喻為玻璃杯折射出的彩虹，或果樹花瓣上的露珠，聽起來比較文雅，也同樣貼切。」

「張，你說得很對。那確實文雅得多。」康威喜歡用這種友好的玩笑話引出張審慎又機敏的應答。可是等他再次跟那個滿族小姑娘獨處，就發現張那番話頗有道理。小姑娘身上有一種特質，主動與他的情感產生交流。他情感中的餘燼被撥亮，卻沒有燃起，只是多了點暖意。那一瞬間他意識到，香格里拉和羅岑都相當完美。在這片寧靜中，他所求不多，只要最後得到一點淡淡的回應就夠了。多年來他的情感一直像敏銳的神經，被世間的一切攪擾。如今那份苦楚緩和了，他終於可以讓自己臣服於一份既不痛苦又不乏味的愛情。夜間漫步走過蓮花池，他偶爾會幻想將她擁入懷中。但當他意識到時間的存在，那幕幻象隨之消散，他的心恢復平靜，只留下一份悠遠而溫柔的惋惜。

他覺得自己從來不曾這麼快樂過，即使大戰那道鴻溝之前那些年也是。

58. 這句話摘自莎士比亞的劇本《安東尼與克麗奧佩托拉》（*Antony and Cleopatra*）第二幕第二場。這部劇本是莎士比亞根據古羅馬史料改編而成，敘述古羅馬將軍安東尼與埃及托勒密王朝末代女王克麗奧佩托拉之間的情愛糾葛，以及兩人對抗屋大維失敗、先後自殺的悲劇。

他喜歡香格里拉為他提供的這個寧靜世界。大喇嘛透露的那個驚人念頭並沒有掌控他，反倒安撫了他。這裡有種無所不在的氛圍令他欣喜。在這裡，情感被思想包覆，而思想轉譯為語言時，又會軟化得恰到好處。康威早就從經驗中得知，直白不代表誠實，巧妙的措辭更未必是虛情假意。他喜歡舉止合宜、從容不迫的環境，在這種環境裡，說話是一種教養，而非只是習性。他也開心地發現，如今最怠惰的行為不再背負虛度光陰的惡名，最虛幻的空想也能被心靈接納。香格里拉永遠寧靜安詳，卻永遠進行著各種無所追求的事務。喇嘛的生活態度彷彿他們掌握了時間，卻絕不輕視時間。康威沒有再見到更多喇嘛，卻逐漸推測出他們各自都在做些什麼。除了掌握各種語言之外，有些人沉浸在知識之海，鑽研之深足以令西方世界震驚。很多人在撰寫各式各樣的書籍。張說，有個人在純數學的領域做了極有價值的研究，另一個則是結合吉朋和史賓格勒[59]的著作，打算寫出歐洲文明史的浩瀚論文。但不是所有人都做這樣的事，也不會有人自始至終只做一件事。還有許多風平浪靜的航道等待他們隨性闖入，像布里亞克般回想出幾段古老曲調，或像那位前英國助理牧師，針對艾蜜莉．勃朗特的《咆哮山莊》提出新論點。還有更不切實際的瑣事。有一次康威提起這個話題，大喇嘛說起西元前三世紀一位中國藝術家的故事。那位藝術家花了很多年時間在果核上雕刻龍、禽鳥和馬匹，再將他的作品獻給一位皇子。起初皇子看不出個所以然，只以為那是顆果核。藝術家請他「建一面牆，在牆上開一扇窗，在燦亮的晨曦中透過窗子觀賞那枚果核。」皇子照他的話做，看見果核確實美侖美奐。「親愛的康威，這故事是不是很迷人，你不覺得它帶給我們寶貴的啟示嗎？」

康威贊同。香格里拉的寧靜日常裡，竟然有這麼多稀奇古怪又明顯毫無價值的活動，他覺得十分開心，因為他向來喜歡做這種事。事實上，當他回想過去，會看見自己做過的許多事因為太沒有頭緒或太費勁，根本不可能完成。可是如今即使懶懶散散地去做，那些事也都有機會完成。所以，聽到巴納德坦白

59. 吉朋（Edward Gibbon，一七三七～九四）是英國歷史學家，代表作是《羅馬帝國衰亡史》（*The History of the Decline and Fall of the Roman Empire*）。史賓格勒（Oswald Spengler，一八八〇～一九三六）是德國歷史學家，代表作是《西方的沒落》（*Der Untergang des Abendlandes*）。

說他也覺得香格里拉的日子會很有意思，他並沒有不以為然。

巴納德好像越來越常去山谷，而且不單純只為那裡的酒和女人。「康威，我會跟你說這些，是因為你跟馬林森不一樣。他老是跟我過不去，這你大概看出來了。但我覺得你比較能了解現在的情勢。說來奇怪，你們英國官員一開始總是非常拘謹又刻板，不過歸根究柢，你是個值得信任的人。」

康威笑著說，「別說得那麼篤定。不管怎麼說，馬林森跟我一樣，都是典型的英國官員。」

「沒錯，不過他還是個孩子，看事情不夠理性。你跟我都看透人情世故，懂得隨遇而安。比方說這個地方，我們還弄不清楚它的來龍去脈，也不知道我們為什麼來到這裡。但世事不都是這樣？真要說，我們知道自己到底為什麼來到人間嗎？」

「我們之中某些人可能不知道，不過你到底想說什麼？」

巴納德壓低聲音，用氣音說道，「老弟，黃金。」他的語氣帶點狂喜。「就是黃金，如假包換。就在山谷裡，數以噸計，絕不誇張。我年輕時是個採礦技師，還沒忘記礦脈長什麼模樣。相信我，這裡的礦藏不輸南非的蘭德金礦，開採起來卻簡單十倍。你一定以為我每次坐著轎椅去山谷，都是為了玩樂。完全不是那回事。我知道自己在做什麼。我早就想到了，這些人從外面買那些東西，一定得花大價錢。他們除了用黃金白銀或鑽石支付，還能用什麼？這只是簡單的邏輯。所以我到處偵察，很快就看穿他們的祕密。」

康威問，「是你自己發現的？」

「倒也不盡然，但我有了猜測，就去問張，直截了當問他。康威，那個中國佬沒有我們想像中那麼壞。」

「我個人從來不覺得他是壞人。」

「當然，我知道你向來喜歡他，所以你不難想像我跟他相處得很好。我們真的很合得來，他帶我去參觀整個流程。順便告訴你，我已經得到許可，可以在山谷任何地方勘探，再寫一份完整的報告。老弟，你覺得如何？有我這樣的專家為他們服務，他們好像很高興，尤其聽到我也許可以教他們一點增加開採量的訣竅之後。」

康威說，「你在這裡一定是如魚得水。」

「嗯，我找到工作了，這很不簡單。誰也不知道事情到最後會怎麼演變。

老家的人如果知道我能幫他們找到新的金礦，也許就不會急著把我弄進監牢。唯一的困難是，他們會相信我的話嗎？」

「可能會。再離奇的事都有人**會**相信。」

巴納德振奮地點頭。「康威，很高興你明白我的意思，這就是我要跟你做的交易。我們各自拿五成利潤，你唯一要做的就是在我的報告裡掛名，也就是以英國領事館的名義，顯得有分量。」

康威哈哈笑。「再說吧，先把你的報告寫出來。」

這麼不可思議的事竟然發生了，他想想都覺得有趣。另外，他也很高興巴納德找到這樣一件帶給他慰藉的事。

大喇嘛也有同感。康威越來越常跟他見面，經常深夜去拜訪對方，等僕人將茶杯全都收走、奉命去休息之後，繼續停留幾個小時。大喇嘛總會問起他那三名同伴的現況，想知道他們過得好不好。他還一度問到，如果他們沒有來到香格里拉，各自在職業生涯上會有什麼發展。

康威邊思索邊回答：「馬林森精力充沛志向遠大，在工作上可能會有不錯的成就。另外那兩位……」他聳聳肩。「事實上，他們剛好適合待在這裡，總之適合停留一段時間。」

他注意到緊閉的窗簾外閃現一道光。早先他穿過庭院走向這個如今變得熟悉的房間時，隱約聽見雷聲低鳴。現在一點聲音都聽不到，閃電的強光被厚重掛毯隔絕，減弱為黯淡的柔光。

大喇嘛答，「是，我們盡力讓他們過得舒心自在。布琳洛小姐想讓我們改變信仰，巴納德先生也想……把我們變成股份有限公司。都是無傷大雅的計畫，好讓他們做點開心的事。可是你那位年輕朋友，黃金或宗教都沒辦法安撫他，該拿**他**怎麼辦？」

「是，他會是個問題。」

「恐怕會是**你的**問題。」

「為什麼是我的？」

大喇嘛沒有馬上回答，因為茶水送進來了。大喇嘛儘管虛弱乏力，依然打起精神待客。他配合禮儀轉換話題，「每年這個時節，卡拉卡爾山會給我們送來暴風。藍月谷的人認為，是隘口另一邊的惡魔在興風作浪，製造出暴風。他們稱那地方是『外面』，你也許知道，在他們的方言裡，『外面』指世上其他所有地方。他們當然不知道法國或英國這些國家，甚至沒聽過印度。他們以為那恐怖的高原沒有盡頭，事實上也差不了多少。他們舒適地窩在他們溫暖無風的谷地，無法想像谷裡會有任何人想離開。事實上，他們認為所有不幸的『外地人』都渴望進來。那只是視角問題，對吧？」

康威想起巴納德也說過類似的話，於是向大喇嘛轉述。大喇嘛的評語是，「多麼明智！而且他是我們第一個美國人，我們真幸運。」

康威覺得好笑，因為喇嘛寺的幸運，是接納一個十幾個國家的警察全力追捕的人。他有點想分享這份趣味，卻又覺得最好留到日後讓巴納德自己親口說。他答，「他說得顯然沒錯，如今這世上有不少人很願意來這裡。」

「有**太多**人想來，親愛的康威。在這片怒浪狂濤中，我們是唯一的救生艇。我們能收容偶然遇見的少數幸存者，但如果所有遭遇船難的人都找過來，爬上我們的船，我們自己也會沉沒。不過我們暫時別想那些。我聽說你跟我們傑出的布里亞克成了朋友。我這個同鄉個性很開朗，只是他認為蕭邦是最偉大的作曲家，而我不贊同。你也知道，我偏愛莫札特。」

直到茶具收走，僕人也離開，康威才又提起那個還沒得到答覆的問題。

「我們剛才談到馬林森，你說他會是**我的**問題。為什麼是我的？」

大喇嘛的回答很簡單，「孩子，因為我快死了。」

這是驚人之語，康威好一陣子無言以對。最後大喇嘛接著說，「你很驚訝？可是我的朋友，人都有一死，即使在香格里拉也不例外。我可能還有一點時間，甚至可能是幾年。我只是說出一個簡單的事實：我已經看到終點。你顯得那麼關切，實在令人感動。我不得不承認，即使到了我這個年紀，想到死亡，心裡也難免會有一絲惆悵。幸好，我的肉體幾乎都已經衰亡，至於其他部分，我們的宗教都提供叫人欣喜的樂觀預期。我相當知足，但我還在人世的這段期間，還得讓自己適應一份怪異的覺知，那就是我必須明白我剩下的時間只夠做一件事。你知道是哪件事嗎？」

康威默不作聲。

「孩子，這件事跟你有關。」

「你太看重我了。」

「我不只看重你。」

康威微微欠身，卻沒有說話。大喇嘛等待半晌後又說，「你也許知道，我跟你頻繁見面，在這裡並不尋常。只是，容許我自相矛盾，我們這裡的傳統，就是不做傳統的奴隸。我們沒有刻板僵化，沒有無法變通的規則。我們做我們認為合適的事，參考一點過去的經驗，更依靠當前的智慧與對未來的洞察。我就是憑藉這些來做這最後一件事。」

康威依然沉默。

「孩子，我把香格里拉的傳承與命運交到你手上。」

緊張的氣氛終於打破，康威感受到一股溫和仁善的勸服。那話語的餘音歸於沉寂，最後只剩他自己的心跳，像銅鑼般咚咚作響。接著，大喇嘛的聲音打斷心跳的節奏：

「孩子，我等你很久了。我坐在這個房間，見過許多新面孔。我注視他們的眼睛，傾聽他們的言語，始終希望有一天能找到你。我的同仁年歲增長了，也更有智慧，但你還年輕，卻已經擁有智慧。我的朋友，我交付給你的任務並不艱鉅，因為我們這個機構，是靠柔和圓融維繫。仁慈有耐心，關切心靈的豐饒，外界暴風雨肆虐時，秉持智慧默默守護，這些你都能勝任愉快，你一定能從中得到無上的幸福。」

康威想要回應，卻再次無語，直到一道熾白的閃電穿透黑暗，他才驚醒，說道，「那暴風雨……你說的暴風雨……」

「孩子，那會是這個世界未曾經歷過的，武器保不了平安，官方提供不了幫助，科學也給不出解答。它會無情肆虐，直到文化的花朵被盡數蹂躪，人類的建樹在滔天動亂中被夷平。拿破崙名聲未顯時，我就預見過這樣的景象。現在我又看到了，而且隨著時間分分秒秒過去，畫面越來越清晰。你覺得我看錯了嗎？」

康威答，「不，我覺得你可能說對了。以前也發生過類似的衝擊，緊接著是長達五百年的黑暗時代[60]。」

「這個對照不是很準確，因為那些黑暗時代沒那麼黑暗，而是留有許多閃爍不定的燈籠。即使歐洲的光線徹底熄滅，還有其他光源存在，從中國到祕魯

60. 關於黑暗時代有不同定義，本書應指第五世紀西羅馬帝國滅亡到第十世紀神聖羅馬帝國建立這段期間，當時羅馬帝國崩潰，文化陷入混亂。

都有，可以重新被點亮。可是即將到來的黑暗時代會一舉將整個世界覆蓋，逃生無門，也無處躲藏，除了那些太隱密、沒人能找到，或太簡陋、沒人注意到的地方。香格里拉或許兼具這兩種特質。載著死神前往大都市的飛行員不會經過我們這裡，就算他碰巧路過，也會覺得我們不值得他扔一顆炸彈。」

「你覺得這些事會發生在我的時代？」

「我相信你會經歷那場暴風雨。在那之後，經過漫長的荒蕪年代，也許你還活著，變得更年老、更睿智，也更有耐心。你會保存我們這段歷史的風韻，在裡面添加一筆你智慧的結晶。你會迎接新人，教導他年齡與智慧的規則。等你到了風燭殘年，也許其中有個新人能接替你。再遠的事我就看不清了。不過，在非常遙遠的距離外，我看見一個新世界在廢墟裡甦醒，動作略顯笨拙，卻懷抱希望，在尋找它遺失的、傳說中的寶藏。孩子，那些寶藏就在這裡，藏在高山背後，在藍月谷裡，像奇蹟般保存下來，等待另一次文藝復興……」

話聲停歇，康威看到眼前那張臉龐煥發出一份遙遠又透徹的美。而後那光澤消退，只剩下一張面具，晦暗無光，像老舊的木頭一樣腐朽衰敗。那張臉靜止不動，雙眼緊閉。他端詳了半晌，忽然間，彷彿置身夢境般，他意識到大喇嘛已經圓寂。

好像有必要為眼前的情景注入一份真實感，免得太過怪異，叫人無法相信。康威本能地瞄一眼腕錶：零時十五分。他橫越房間走到門口時忽然想到，他不知道該如何求援，又該去哪裡求援。那些西藏人都去休息了，他不知道去哪裡找張或其他人。他猶豫不決地站在通往漆黑走廊的門檻上，窗外夜空澄淨無雲，但閃電下的群山依然光輝燦爛，像銀色壁畫。而後，在這籠罩萬物的靜止幻夢中，他覺得自己是香格里拉的主人。這些都是他心愛的東西，都圍繞著他，是他如今越來越常進駐的心靈世界的事物，遠離塵世的紛擾。他的視線不經意間投向暗處，瞥見色澤飽滿的波紋亮漆折射出來的點點金光。還有晚香玉的芬芳，那氣味太清淡，消散在感官的邊緣，引誘他從一個房間到另一個房間。最後他踉蹌踏進庭院，來到蓮花池畔。一輪圓月高懸在卡拉卡爾山後方，這時已經凌晨一點四十。

後來他察覺到馬林森在他身邊，拉著他胳膊，急匆匆帶他離開。他不明白這是怎麼回事，只聽到馬林森絮絮叨叨激動萬分。

第十一章

他們來到那個附帶陽台的飯廳，馬林森依然緊抓他手臂，扯著他往前走。「康威，快點，我們要在天亮前收好行李離開。老天，好消息，天亮以後老巴納德和布琳洛小姐如果發現我們走了，會有什麼反應。是他們自己選擇留下來，少了他們，我們或許會更順利……挑夫就在隘口往外大約八公里的地方，他們昨天到的，帶著一大堆書和其他東西……明天就回去了……這裡的人顯然不想讓我們如願……什麼都沒跟我們說，天曉得我們還要在這裡受困多久……喂，怎麼了？你生病了嗎？」

康威頹然坐下，上身前傾，手肘支在桌面上。他伸手抹過雙眼。「生病？沒有，應該沒有。只是覺得累。」

「應該是暴風雨的關係。你去哪裡了？我等了你幾小時。」

「我……我去見大喇嘛。」

「喔，是**他**啊！反正是最後一次了，謝天謝地。」

「是，馬林森，最後一次。」

康威別有深意的語調讓馬林森有點敏感，他接下來的沉默更是如此。馬林森說，「我不太喜歡你這種蠻不在乎的語氣，我們不能再耽擱。」

康威強行振作，努力讓自己更清醒一點。

他說，「抱歉。」為了測試自己神經與知覺的靈敏度，他點了一根香菸，發現雙手和嘴唇都在顫抖。「我沒聽清楚……你說挑夫……」

「是，挑夫。老兄，打起精神。」

「你打算跟他們離開？」

「**打算**？我他媽的百分之百確定，他們就在山脊另一邊，我們必須立刻出發。」

「**立刻**？」

「是，沒錯，為什麼不？」

康威再度嘗試把自己從一個世界轉換到另一個世界。他終於覺得有點清醒，才說，「你應該知道這件事做起來沒那麼容易？」

馬林森穿上及膝西藏登山靴，正在綁鞋帶，斷斷續續地說，「我什麼都知道，但我們必須去做。只要不拖拖拉拉，運氣好就能辦成。」

「我看不出來……」

「老天，康威，你非得在最後關頭吵架嗎？你的膽量都沒了嗎？」

這番半暴躁半嘲弄的控訴讓康威回過神來。「我有沒有膽量不重要，但如果你要我解釋，我會的，這關係到幾個重要細節。假設你真的通過隘口，找到挑夫，你怎麼確定他們肯帶你走？你能給他們什麼報酬？你沒想過他們也許沒有你想像中那麼樂意帶你走？你不能直接跑過去要他們護送你，一切都需要事先安排和協商……」

馬林森咬牙切齒地說，「或其他耽誤時間的事。老天，你竟是這種人！幸好我沒有依靠你安排任何事，因為事情都**安排好了**。挑夫已經提前收到報酬，也答應帶我們走。這些是路上用得到的衣物和裝備，都準備好了。你再也沒有藉口了。走吧，該行動了。」

「可是……我不明白……」

「我知道，但這不重要。」

「這些都是誰安排的？」

馬林森粗聲粗氣地答，「如果你非得知道的話，是羅岑。她現在跟挑夫一起等著。」

「**等著**？」

「是。她跟我們一起走。你應該不反對吧？」

聽到羅岑的名字，那兩個世界忽然在康威心裡串連起來，合而為一。他近乎輕蔑地大喊，「胡扯，不可能。」

馬林森也在爆發邊緣，「為什麼不可能？」

「因為……就是不可能。有各式各樣的原因，你相信我，這行不通。她現在人在外面，就已經太不可思議。你說的事讓我非常震驚，可是她繼續往前走根本太荒謬。」

「我看不出哪裡荒謬。她理所當然想離開，跟我一樣。」

「可是她不想離開，這就是你弄錯的地方。」

馬林森笑容緊繃。他說，「看來你覺得你比我更了解她，但你可能錯了。」

「什麼意思？」

「即使語言不通，也有其他方法可以互相理解。」

「老天，你**到底**想說什麼？」而後康威壓低聲音補充，「這實在荒唐，我們別再吵了。馬林森，告訴我，這究竟怎麼回事。我還是不明白。」

「那你為什麼扯這一堆廢話？」

「告訴我實話，**拜託**告訴我實話。」

「其實很簡單，她這種年紀的女孩跟一堆怪老頭一起關在這裡，只要有機會，當然會想離開。在此之前她都沒找到機會。」

「你不覺得你是以自己的立場在揣度她？我跟你說過很多次了，她在這裡很快樂。」

「那她為什麼說她要一起走？」

「她說的？她怎麼說？她不懂英語。」

「我問她的，用藏語，布琳洛小姐教我該怎麼說。我們的對話不算順暢，但也夠了，能夠互相理解。」馬林森有點臉紅。「該死，康威，別用那種眼神看我，不知道的人還以為我闖進**你的**獵場盜獵。」

康威答，「但願不會有人這麼想，可是你的話透露出某些你不希望我知道的訊息，我只能說我非常抱歉。」

「你為什麼要抱歉？」

康威任由香菸滑出指縫。他覺得疲倦、煩躁，還有許多他寧可深藏心底的矛盾柔情。他口氣軟化，「真希望我們不要經常這樣意見相左。羅岑確實很迷人，但我們為什麼要為這種事爭執？」

「**迷人**？」馬林森不屑地重複他的話。「她遠遠不只迷人。你可別以為別人在這方面都跟你一樣冷血。你可能覺得她只配像博物館的收藏品一樣被人觀賞，但我的做法比較務實。我看見喜歡的人被困在差勁的地方，我會採取行動。」

「但你不覺得這事太魯莽？如果她真的離開，能去哪裡？」

「她在中國或其他地方應該有親友。不管怎樣，總比在這裡好。」

「你怎麼這麼確定？」

「如果沒人能照顧她，我就自己來。畢竟，如果你想救人脫離苦海，通常不會先打聽他們有沒有別的去處。」

「所以你認為香格里拉是苦海？」

「我是這麼認為。這地方陰暗又邪門，這整件事都是，從一開始就是。我們莫名其妙被某個瘋子帶來這裡，之後用這個或那個藉口把我們留下。可是在我看來最可怕的事，是這地方對你的影響。」

「對**我**？」

「沒錯，對你。你一直精神恍惚，好像什麼都無所謂，而且願意一輩子待在這裡。你甚至承認你喜歡這地方……康威，你到底怎麼了？你不能再做回真正的你嗎？我們在巴斯庫爾相處得那麼好，那時的你跟現在判若兩人。」

「**親愛的**馬林森！」

康威向馬林森伸出手，馬林森激動又熱情地回握。馬林森說，「你可能沒發現，過去這幾個星期我非常孤單。好像沒有人在乎唯一一件真正重要的事，巴納德和布琳洛小姐還算情有可原，但我發現連**你**也跟我對立，感覺實在糟透了。」

「抱歉。」

「你一直說抱歉，可是道歉沒用。」

康威衝動之下脫口而出，「那麼讓我做點有用的，跟你透露一些事。希望你聽完之後，能更了解這些看起來非常奇怪又艱難的事。總之，你會明白羅岑為什麼不能跟你回去。」

「我不認為有什麼事能讓我明白這一點。盡量長話短說，我們真的沒時間了。」

於是康威用最精簡的語言陳述香格里拉的故事，有些是大喇嘛告訴他的，有些則是他從跟大喇嘛和張的對話中推敲出來的。這是他最不想做的事，可是他覺得眼下的情況應該這麼做，甚至必須這麼做。馬林森**確實是**他的問題，該由他設法解決。他說得快速又順暢，再度沉浸在那個不受時間影響的怪異世界裡。陳述的過程中，他被那個世界的美征服，不只一次覺得自己在誦讀記憶的頁面，而那些概念和語句都那麼清晰地銘刻在那裡。他只隱瞞一件事，以免自己碰觸到一份他還無法處理的情感，那就是大喇嘛已經在當晚過世、並且要求他繼任。

故事到了尾聲，他如釋重負。他很高興把事情說出來，這畢竟是唯一的解決方法。之後他平靜地抬起頭，覺得自己做得很不錯。

但馬林森只是用手指敲著桌面，等了一段時間後說道，「康威，我真的不知道該說些什麼……只能說你徹底瘋了……」

之後是長時間的沉默，兩人四目相對，心情南轅北轍：康威挫敗又失望；

馬林森浮躁又彆扭。最後康威說，「所以你覺得我瘋了？」

馬林森緊張地呵呵笑。「聽完那樣的故事，我當然覺得你瘋了。我是說……真是的……這種鬼扯……根本沒有討論的必要。」

康威的表情和語調流露出深深的錯愕，「你覺得那是鬼扯？」

「呃……不然我還能怎麼看？抱歉，康威，我的話是有點難聽，可是我相信任何精神正常的人都會這麼想。」

「所以你還是認為我們會來到這裡只一場意外，認為某個瘋子經過周詳計畫，偷走一架飛機，飛行一千多公里，只是因為好玩？」

康威遞出一根菸，馬林森接過去。這一次的沉默好像讓兩人都鬆了一口氣。最後馬林森答，「不需要揪著細節不放。你說這裡的人漫無目標地派某個人出去，要把陌生人拐回來。於是這個人刻意學會開飛機，耐心潛伏，直到有一架合適的飛機要載著四名乘客離開巴斯庫爾……嗯，倒不是說這種事絕對不可能，但我覺得實在太可笑，太難以置信。如果只有這件事，也許還值得考慮，可是你把它跟其他那些**根本**不可能的事擺在一起，比如喇嘛已經幾百歲，發現一種青春靈藥，或不管那叫什麼名字……嗯，我只會覺得你是不是被什麼細菌咬了，就這麼簡單。」

康威笑了。「是，我敢說你覺得難以置信，也許一開始我自己也是，我已經不記得了。當然，這個故事**確實**超乎尋常，但我以為你自己的眼睛已經看到太多證據，知道這是個超乎尋常的地方。想想我們看見的一切，你跟我都看到的，一片失落的山谷，藏在沒有人探查過的大山裡；寺院的圖書館收藏大量歐洲書籍……」

「是啊，還有中央空調設備，現代衛浴，午茶，以及其他種種……都很神奇，我知道。」

「那麼你有什麼想法？」

「沒什麼想法。那是個謎，但不能因為這樣，就相信那些實際上不可能的事。你泡過熱水澡，於是相信浴缸的存在，跟有人告訴你他們已經幾百歲，你就相信他們有幾百歲不一樣。」他又笑了，還是不太自在。「康威，你聽我說，這地方讓你心神不寧，這一點也不奇怪。把行李收一收趕緊離開。一、兩個月後我們去梅登吃頓愉快的晚餐，再繼續這個話題。」

康威平靜地說，「我一點也不想回到那種生活。」

「哪種生活？」

「你想的那種生活……晚餐……跳舞……馬球，所有那些事。」

「可是我根本沒提到跳舞和馬球！不管怎樣，那些有什麼不好？你的意思是你不跟我走？你跟另外那兩個一樣要留在這裡？那麼至少你不該攔著我！」

馬林森扔掉香菸，兩眼冒火地衝向門口。他抓狂地大喊，「你腦子錯亂了！康威，你瘋了，就是這樣！我知道你向來冷靜，而我向來激動，但至少我精神正常，而你不是！我去巴斯庫爾之前就有人提醒過我，當時我覺得他們說錯了，現在我看得出來他們沒錯……」

「他們提醒你什麼？」

「他們說你在戰場上被炮彈炸傷過，之後偶爾會行為異常。我沒有責備你的意思，我知道你自己也控制不住。我真的很不喜歡這樣跟你說話……唉，我走了。雖然很害怕、很心煩，可是我得走了。我答應別人了。」

「答應羅岑？」

「如果你想知道的話，是。」

康威站起來伸出手，「馬林森，再見。」

「我最後一次問你，你真的不走？」

「我不能。」

「那就再見。」

他們握了手，馬林森轉身離開。

康威獨坐在燈籠光下。他想到銘刻在記憶裡的一句話：所有的美好事物都短暫易逝。那兩個世界終究無法調和，其中一個一如往常般岌岌可危。他沉思一段時間後看了看手錶，凌晨兩點五十。

馬林森去而復返的時候，他還坐在餐桌旁抽著那根香菸的最後一截。馬林森進門時動靜不小，一看見他連忙退到暗處，像是要讓自己鎮定下來。他沒說話，康威等了一會，說道，「出了什麼事？為什麼又回來？」

他的口氣是那麼平淡自然，馬林森於是上前一步，脫掉厚實的羊皮手套坐了下來。他臉色蒼白，全身都在顫抖，語帶哽咽地說，「我沒有勇氣。你還記得我們大家綁繩子那段路嗎？我走到那裡，卻過不去。我懼高，在月光下那地方更可怕了。很可笑吧？」他徹底崩潰，變得歇斯底里，康威於是安撫他。

而後他又說，「這裡的傢伙不需要擔心，永遠不可能有人從陸地上過來威脅他們。可是天啊，我願意不計代價運一大批炮彈飛過來！」

「馬林森，你為什麼想那麼做？」

「因為這地方不管是什麼，都得炸掉。這地方病態又骯髒，還有，如果你那些天方夜譚是真的，這地方就更可憎了！一大堆衰朽的老頭蟄伏在這裡，像蜘蛛似地等任何人過來……太卑鄙了……誰想活到那麼老？至於你那位高貴的大喇嘛，如果他的年紀有他自己說的一半老，就該有人幫他終結他悲慘的人生……唉，康威，你為什麼**不肯**跟我走！我不喜歡為自己的事求你，可是去它的，我還年輕，我們一直都是好朋友。比起那些差勁傢伙說的謊言，我的人生在你心中沒有一點分量嗎？還有羅岑，**她**也還年輕，**她**一點都不重要嗎？」

康威說，「羅岑不年輕。」

馬林森抬頭看他，笑得無法遏抑。「是，不年輕，當然一點都不年輕。她看起來差不多十七歲，不過我猜你會告訴我她其實是個保養得很好的九十歲老人。」

「馬林森，她一八八四年來到這裡。」

「老兄，你真是滿口胡說八道！」

「馬林森，她的美跟世界上所有的美一樣，受制於那些不懂得珍惜的人。它十分嬌弱，只能活在嬌弱的東西受到珍愛的地方。你把它帶出山谷，就會看見它像回音般消散。」

馬林森縱聲狂笑，彷彿對他自己的想法自信滿滿。「我不擔心那個。如果說她在哪個地方只會是個回音，那就是這裡。」停頓片刻後他接著說，「討論這些一點用也沒有。我們就別再談那些詩情畫意的東西，回歸到現實。康威，我想幫你。那些都是無稽之談，可是只要對你有幫助，我願意一件一件跟你辯個分明。我會假裝你說的那些可能是真的，需要好好檢驗。現在你認真告訴我，你那些故事有什麼證據？」

康威沉默以對。

「只是聽人跟你說了子虛烏有的無聊故事。那樣的故事，就算說的人絕對可靠，而且是你認識了一輩子的人，你也不會不經查證就相信。那麼這個故事你有什麼證據？據我所知什麼都沒有。羅岑跟你說過她的過去嗎？」

「沒有，可是……」

「那麼為什麼要聽信別人說的？還有那些長生不老的事，你能拿出任何具體事實來證明嗎？」

康威想了一下，提起布里亞克彈奏的那些不為人知的蕭邦作品。

「那種事對我沒有任何意義，我不懂音樂。就算那些曲子是真的，有沒有可能他是用另一種方式取得，而不是他說的那樣。」

「當然有此可能。」

「還有你說的那種維持青春的方法。那是什麼東西？你說是一種藥，我倒想知道那是**什麼**藥？你親眼看到過嗎？嘗試過嗎？有沒有任何人用真實事例跟你確認它的效果？」

「我承認沒有說過細節。」

「而你沒有追問細節？你完全沒想到這樣的故事需要一點佐證？你直接照單全收？」他乘勝追擊，接著說，「除了他們告訴你的那些，你對這個地方真正了解多少？你只不過見了幾個老男人。除此之外，我們還能看到這個地方設備齊全，而且走高檔路線。我們不知道這地方怎麼來的，為什麼出現。另外，如果他們想留住我們，又是為了什麼，這也是個謎。可是不能因為這些，就去相信那個附帶的古老傳說！老兄，你平時做事挺嚴謹的，就算在英國的修道院，也不輕易相信你聽到的一切，我實在想不通為什麼一到西藏你就來者不拒！」

康威點頭。即使他頭腦已經清明得多，也沒辦法反駁馬林森這一番有理有據的論點。「你的話太尖銳。我覺得真正的原因是，關於要不要相信沒有證據的話，我們都會偏向最吸引自己的那一套說詞。」

「我一點都看不出活到半死不死有什麼吸引人的。我不要長命百歲，只要活得開心。還有那些關於未來的戰爭的話，我覺得不太可信。有誰能知道下一次大戰什麼時候發生、戰況又會如何？上一次大戰的事，預言家不都猜錯了？」康威沒有回應，於是他又說，「總之，我不相信有什麼是不可避免的。就算真的不可避免，也不需要悲觀沮喪。天曉得，真要我上戰場，我可能會嚇得動彈不得。但我寧可去面對，也不要把自己埋葬在這裡。」

康威笑了。「馬林森，你真的很擅長誤解我。我們在巴斯庫爾的時候，你覺得我是英雄，現在你覺得我是懦夫。但我既不是英雄，也不是懦夫。不過這不重要。你回到印度以後可以告訴大家，我因為擔心再發生大戰，決定留在西藏的喇嘛寺。那不是我留下來的理由，但那些認定我精神失常的人一定會相信。」

馬林森哀傷地說，「你別說這種傻話。不管怎樣，我都不會說你的不是，這點你可以相信。我承認我不了解你，可是……可是，真希望我知道你在想什麼，真的。康威，我幫不上你的忙嗎？還有什麼我能說的，或能做的？」

兩人沉默許久，最後康威說，「我只想問一個問題，希望你不介意我的問題太私人。」

「什麼問題？」

「你愛羅岑嗎？」

馬林森白皙的臉龐迅速泛紅。「我覺得我愛她。你會說這太荒謬，無法想像。也許是吧，但我克制不了自己的感情。」

「我一點也不覺得荒謬。」

這段對話經歷過幾番驚濤駭浪之後，好像終於駛進港灣。康威說，「我也克制不了**我的**感情。你跟那女孩剛好是這世上我最在意的兩個人……你可能會覺得我這樣很奇怪。」他突然站起來，在房間裡踱步。「能說的話都說完了，對吧？」

馬林森答，「嗯，我想也是。」忽然之間又熱切地說，「說她不年輕，真是無聊的鬼扯！而且還是可惡又差勁的鬼扯。康威，你不能相信那種話！那根本太荒謬。那種話怎麼可能是真的？」

「你怎麼確定她還年輕？」

馬林森半轉過身子，神采奕奕的臉龐掩不住的羞澀。「因為我**真的**知道……也許你會因此看輕我……但我**真的**知道。康威，你恐怕從來沒有真正了解她。她表面上冷冰冰，那是因為她住在這裡。這地方把所有溫度都冰凍了，但溫度確實還在。」

「等著被解凍？」

「是……這麼說也沒錯。」

「馬林森，你這麼**確定**她**年紀不大**？」

馬林森柔聲說，「老天，沒錯，她只是個小女孩。我覺得她太可憐了，我想我們互相吸引。我不覺得這有什麼好羞恥的。事實上，在這樣的地方，這可能是最正經的事……」

康威走到陽台，凝望著卡拉卡爾山眩目的雪塵。月亮彷彿飄浮在平靜無波的海面上。他意識到一場夢境消融了，就像所有太美好的事物，一接觸到現實就消逝。整個世界的未來如果拿來跟青春與愛情相衡量，會輕如空氣。他也知道，他的心靈定居在屬於它自己的世界，那是縮小版的香格里拉，但那個世界也面臨危機。因為即使他在鼓舞自己的時候，也看見他想像中的長廊在衝擊下扭轉拉扯。那裡的亭台樓閣在崩塌，一切即將變成廢墟。他並沒有太難受，卻極其茫然，滿懷悲傷。他不知道自己究竟是曾經發瘋，如今恢復正常，或曾經正常，如今又發瘋。

等他轉過身來，整個人變得有點不同。他的語調更急切，近乎唐突；他的面容有點扭曲，更像曾經的巴斯庫爾英雄康威。他打定了主意，面對馬林森多了一份機敏。他問，「如果我跟你一起走，你有沒有把握綁著繩子通過那段險路？」

馬林森大步向前，呼吸急促地大喊，「**康威**！你是說你要**走**？你終於下定決心了？」

康威打點好行裝，他們立刻出發。離開竟是出奇地容易，反而比較像尋常的啟程，不像潛逃。他們走過光影交錯的庭院時，沒有發生任何變故。康威心想，周遭好像一個人都沒有。下一瞬間，那份空蕩感變成他內心的空虛。整個過程中馬林森不停談論他們的旅程，但他幾乎聽不見。多麼奇怪，他們爭辯了那麼久，最後卻這樣以行動結束，而這個神祕的避風港竟被一個在這裡找到這等幸福的人背棄！不到一個小時後，他們氣喘吁吁地停在山路的轉彎處，回頭看了香格里拉最後一眼。腳下深處的藍月谷雲霧繚繞，透過氤氳薄霧，康威覺得那錯落有致的屋頂飄浮在他背後。這是離別的時刻。先前默默攀爬陡坡的馬林森現在喘著氣說，「好傢伙，這一路挺順利，繼續！」

康威笑了笑，沒有回答。他在準備通過那段峭壁險路所需的繩索。馬林森說得沒錯，他是下定了決心，但他也只剩這份決心了。那是活躍的小碎片，此時主宰他的心靈，其他的全是幾乎難以忍受的空缺。他是個流浪者，飄泊在兩個世界之間，而且必須永遠飄泊下去。但在這一刻，在內心那份漸漸加深的虛無中，他唯一的感覺是他喜歡馬林森，必須幫助他。他跟其他無數人一樣，注定要逃離智慧，扮演英雄。

走上那處崖壁時，馬林森緊張不安，但康威用傳統的登山技巧帶他通過。通過這段考驗後，他們靠在一起抽馬林森的菸。「康威，我必須說你實在太厲害了……你大概猜到我的心情……我說不出有多高興……」

「如果我是你，我就不說。」

兩人沉默了很長時間，再度出發之前，馬林森說，「可是我真的很高興，不只為我自己，也為你……你終於明白那些故事都是胡扯，這樣很好。不過，能再次看到真正的你，真是太好了……」

康威答，「一點也不好。」從自己話語中的挖苦得到一點安慰。

接近破曉時他們越過分水嶺，即使真有人放哨，他們也沒遇見。不過康威忽然想到，這條路的監控也許只是適度嚴密。這時他們到達高原，地面久經狂風掃蕩，像光禿禿的骨頭。他們沿著緩坡往下走，終於看見挑夫的營地。接下來的一切都跟馬林森所說的一樣，那些挑夫確實在等他們。一群體格壯碩的男人，身穿皮裘，戴著羊皮手套，蹲伏著躲避強風。那些人迫不急待想出發，要趕往一千七百多公里外中國邊境的塔城府。

他們見到羅岑時，馬林森興奮地大叫，「他要跟我們走！」他忘了她聽不懂英語，康威幫他們翻譯。

他好像沒有見過這麼神采煥發的羅岑。她對他露出最迷人的笑容，目光卻始終鎖定馬林森。

後記

我跟盧瑟福再次見面是在德里。我倆都是總督府晚宴的賓客，只是彼此相隔一段距離，基於社交禮儀沒有機會接觸。晚宴結束後，戴頭巾的僕役把帽子遞還給我們，他提出邀請，「去我飯店喝杯小酒。」

我們搭計程車走了幾公里枯燥路程，從魯琴斯的靜物畫[61]走向舊德里悶熱鮮活的動畫片。我從報紙上得知他剛從喀什噶爾回來。他如今聲名遠播，做任何事都能獲取最大回報。一段不尋常的假期被包裝成探險，雖然探險者所做的事稱不上首開先河，但公眾不知道，於是他借著這股東風賺取實質收益。比方說，從報紙的報導看來，我並不覺得盧瑟福的旅程是什麼劃時代的創舉，如果

61. 魯琴斯（Edwin Landseer Lutyens，一八六九～一九四四）是二十世紀英國最有影響力的建築師，印度新德里市區規劃和總督府的設計都出自他的手筆。

還有人記得斯坦因和斯文．赫定[62]，就會知道于闐遺址已經是舊聞。我跟盧瑟福交情夠深，可以拿這些事調侃他。他哈哈大笑，語帶玄機地說，「是啊，真相會比故事更精彩。」

我們去他飯店房間喝威士忌。我找了個最好的時機開口，「所以你**真的**搜尋康威？」

他答，「說搜尋未免誇張，哪有辦法在半個歐洲大的國家搜尋一個人。我只能說，我去了幾個有機會遇見他或聽到他消息的地方。你該記得，他在最後一封信裡提到他已經離開曼谷，往西北方向去。有些蛛絲馬跡顯示他往北走了一小段路，我猜他可能是往中國邊境的少數民族地區去了。我不認為他會進緬甸，因為他可能會在那裡遇見英國軍官。總之，他的足跡消失在暹羅[63]北部某個地方。不過，我當然沒打算跑那麼遠去追蹤他。」

「你覺得找藍月谷可能簡單一點？」

「至少看起來那個地方固定不動。你瀏覽過我那份手稿了吧？」

「不只瀏覽。對了，我該把手稿還給你的，可是你沒有給我留地址。」

盧瑟福點頭。「你有什麼想法？」

「我覺得嘆為觀止，當然，前提是那些內容真的都是康威說的。」

「我鄭重向你保證，我絕對沒有加油添醋。事實上，那裡面多數都是他的原話，比你想像的多。我記性不錯，而康威向來擅長描述。別忘了我跟他聊了二十四小時，幾乎沒有中斷。」

「嗯，像我說的，嘆為觀止。」

他靠向椅背，露出笑容。「如果你沒別的話要說，那麼我還得為自己說幾句。你大概覺得我這人太輕信，我真不這麼認為。生命中總有人因為相信太多而犯錯，但如果他們相信得太少，人生就會乏味透頂。康威的故事當然吸引我，很多方面都是，所以我才這麼感興趣，除了想辦法跟他偶遇之外，還費了那麼多心思追查他的下落。」

62. 斯坦因（Marc Aurel Stein，一八六二～一九四三），猶太裔英國考古學家兼探險家，曾在西域尼雅遺址的文書中找到于闐古國的建國傳說。赫定（Sven Hedin，一八六五～一九五二）是瑞典地理學家兼探險家，曾經數度探索中國新疆與西藏部分地區，並繪製地圖。

63. 暹羅（Siam）是泰國舊稱，一九三九年改稱泰國。

他點了一根雪茄，才接著說，「那樣的話，我就得去些奇奇怪怪的地方，但我喜歡這種事，出版商也不反對我偶爾寫本遊記。我大約跑了幾千公里，巴斯庫爾、曼谷、重慶、喀什噶爾，這些地方我全跑遍了，那個謎團就藏在這些地方之間。可是那片區域太大，而我的調查都在邊緣打轉。就那個謎團本身而言，也是如此。如果你想知道康威那段經歷的具體事實，以我目前所能確認的，我只能告訴你，他離開巴斯庫爾的時間是五月二十日，十月五日抵達重慶，最後的消息是他二月三日從曼谷出發。其他一切都是或許、可能、猜測、神話、傳說，隨你怎麼想。」

「所以你在西藏沒有任何發現？」

「親愛的朋友，我根本沒進西藏。總督府的人不同意，簡直像要他們批准攀登聖母峰一樣困難。我告訴他們我想一個人到崑崙山走走，他們看我的眼神彷彿我說的是我要寫甘地[64]傳記似的。他們的做法其實也沒錯，因為沒有人能單槍匹馬在西藏闖蕩。你需要組一支裝備齊全的探險隊，領隊至少要懂一點藏語。當初聽康威敘述他的經歷時，我記得自己心裡不只一次納悶，他們為什麼非得等挑夫，為什麼不直接走人？不久後我就明白了。官方的人是對的，就算拿到全世界所有的護照，我都翻越不了崑崙山脈。我倒是走得夠近，大約八十公里開外，那天晴空萬里，能遠遠看一眼。沒有多少歐洲人能這麼誇口。」

「崑崙山當真這麼險惡？」

「看起來像地平線上的白色飾帶，如此而已。我在莎車和喀什噶爾逢人就問，可是打聽到的訊息少得出奇。我猜那八成是全世界人跡最罕至的山脈。我運氣不錯，遇見一個曾經嘗試翻越的美國人。不過那人找不到隘口，他告訴我，隘口**絕對**有，只是海拔太高，也沒標示在地圖上。我問他那裡面有沒有可能存在康威描述的那種山谷。他說他不敢斷言世上沒有那樣的地方，但他覺得可能性不大，以地理學的角度來說不可能。於是我又問他有沒有聽說過一座錐形高山，幾乎跟喜馬拉雅山脈最高峰一樣高。他的回答很有意思。他說，有個關於這樣一座山的傳說，但他本身覺得欠缺事實依據。他又說，也有人謠傳世

64. Gandhi（一八六九～一九四八），印度國父，印度獨立運動的領導人，因為他的努力，印度在一九四七年脫離英國的殖民統治，正式獨立。本書故事發生的時間點，大約在甘地第二、三次發起不合作運動爭取獨立期間。

上有比聖母峰更高的山，但他自己並不相信。他說，『真要說，我覺得崑崙山脈的最高峰應該不會超過七千六百公尺。』但他也承認沒有人認真測量過。

「他去過西藏幾次，所以我問他對西藏喇嘛寺了解多少。他的回答都是老生常談，所有書本都能讀得到。他跟我強調，喇嘛寺一點也不美，裡面的和尚腐敗又下流。我問，『他們壽命長嗎？』他說，沒錯，只要不死於某種髒病，通常壽命很長。而後我直截了當問他有沒有聽說過活得特別久的喇嘛。他答，『多得很，這種老調流傳得很廣，只是沒辦法證實。會有人告訴你某個污穢的傢伙被關在牢房裡上百年了，那人看起來確實也像，但你又不能要求看他的出生證明。』我問他那些喇嘛有沒有什麼祕法或藥物可以延年益壽或保持年輕，他說那些喇嘛據說有很多這方面的古怪知識，但他覺得如果深入探究，就會發現那就像印度神仙索戲法[65]一樣，都只是道聽途說，沒人親眼見過。不過，他確實提到喇嘛擁有某種控制身體的奇特力量。他說，『我看著他們坐在冰凍湖面的邊緣，一絲不掛，當時氣溫在零度以下，還呼嘯著狂風。他們的僕人敲碎冰塊，用在湖水裡浸泡過的床單裹在他們身上。同樣的動作重複十幾次，喇嘛用自己的身體把床單烘乾。旁觀的人會覺得他們是靠意志力取暖，但這樣的解釋沒什麼說服力。』」

盧瑟福又給自己倒了點酒。「當然，正如我那位美國朋友所說，那些跟長壽沒什麼關係，只能證明喇嘛非常注重自我修煉。事情就是這樣，目前我們掌握的證據不足以做出任何定論，這點你大概會認同。」

我說確實沒有定論，又問他那個美國人有沒有聽說過卡拉卡爾山和香格里拉。

「沒有，我問過他。我跟他聊了一段時間後，他告訴我，『坦白說，我不怎麼喜歡喇嘛寺。事實上，我曾經對一個在西藏遇到的傢伙說，如果說我為了喇嘛寺不辭辛勞，那一定是想避開它，而不是去參觀。』聽見他不經意說出的這番話，我腦子裡靈光一閃，連忙問他什麼時間在西藏遇見那個人。他答，『喔，很久了，是在大戰以前，好像是一九一一年。』我反覆追問，請他說仔細點，他就把他知道的都告訴我了。那時他好像受美國某個地理學會委託去了

65. Indian rope trick，又譯通天繩，印度古書記載的魔術。魔術師吹奏音樂引導繩索上升，再命一名孩童爬上繩索。孩童爬上繩索後消失，魔術師帶著刀爬上去追，跟著消失。而後孩童的身體各部位掉落下來，魔術師下來後再將其組合，讓孩童復活。

西藏，同行的有幾個同事和挑夫之類的，算是真正的探險活動。他在崑崙附近遇見那個人，是個中國人，坐著本地轎夫抬的轎椅。那人說得一口流利英語，強烈建議他們造訪附近某座喇嘛寺，甚至表示願意充當嚮導。美國人說他們沒有時間，也不感興趣，事情就是這樣。」停頓片刻後盧瑟福接著說，「這件事也不算意義重大。從記憶中翻找出二十年前的一場偶遇，可信度原本就有待商榷，不過倒是十分耐人尋味。」

「是。但如果裝備齊全的探險隊接受邀請，我很難想像他們會被迫留在那裡。」

「確實如此。也許那根本不是香格里拉。」

我們思考了半晌，可是整件事太撲朔迷離，沒什麼好討論的。我轉而問他在巴斯庫爾有沒有什麼發現。

「巴斯庫爾一無所獲，白沙瓦更糟。沒有人能提供任何消息，只知道確實有一架飛機被挾持。他們甚至不太願意承認，畢竟不是什麼光彩的事。」

「那架飛機從此音訊全無？」

「沒有隻字片語，也沒有小道消息，那四名乘客也是。不過，我求證過，那架飛機確實有能力飛越那些高山。我也追查了那個叫巴納德的傢伙，可是他的來歷太神祕，如果他真如康威所說是查爾默・布蘭特，我也不驚訝。畢竟，布蘭特在各方圍捕下還能人間蒸發，實在太神奇。」

「那個挾持飛機的人呢？你有沒有查過他？」

「有，但也沒有用。那個被他打暈冒充的飛行員後來死了，所以這條有力線索徹底斷了。我甚至寫信給一個在美國開飛行學校的朋友，問他近年來有沒有收過西藏學員。回信來得很快，只是內容令人失望。他說他分辨不出西藏人和中國人，而他有五十多個中國學員，都在接受訓練準備打日本人。所以那條線索也沒什麼用。我倒是有個相當離奇有趣的發現，在倫敦就能輕易查到。上個世紀中葉德國耶拿大學有個教授喜歡到處旅遊，他一八八七年去了西藏，再也沒有回來，有人說他涉水過河時溺斃。那人名叫費德里希・麥斯特。」

「我的天，是康威提到過的名字！」

「正是，雖然可能只是巧合。不管怎麼說，這不足以證明整個故事是真的，因為這個耶拿教授出生在一八四五年，不值得太激動。」

我說，「可是太古怪了。」

「是啊，確實古怪。」

「你還追查到其他人的事嗎？」

「沒有。可惜我能查的對象不多。我找不到蕭邦的學生布里亞克的資料，當然，這不代表蕭邦沒有這樣一個學生。仔細一想，康威提到的名字非常少。那地方應該有五十多個喇嘛，他只提到一、兩個。對了，佩羅和漢修爾同樣無法追查。」

我問，「那麼馬林森呢？你有沒有查到他後來怎麼了？還有那個女孩，那個中國女孩？」

「親愛的朋友，我當然查了。麻煩的是，你從手稿大概也看得出來，康威的故事停在他們跟挑夫一起離開山谷。之後的事他可能是沒辦法或不願意再多說。不過，如果時間更充裕，也許他會說清楚。我覺得大概是發生了某種悲劇。那段路程本身的艱辛程度已經叫人毛骨悚然，何況還可能碰上土匪攔路打劫，或挑夫反水背叛。也許我們永遠不會知道究竟出了什麼事，不過馬林森多半沒有抵達中國。我還做過各式各樣的調查。首先我設法追蹤書籍等物品大量送進西藏的管道，但所有可能的地方，比如上海和北平，都沒有任何斬獲。當然，這不代表什麼，因為那些喇嘛一定會想辦法隱匿他們進口貨物的方法。之後我又查了塔城府，那是個奇特的地方，算是坐落在海角天邊的貿易小鎮。很難抵達的地方，雲南的中國苦力送進西藏的茶葉就在那裡轉運。這些都在我的新書裡，出版後你就能看到。歐洲人通常不會跑那麼遠，那裡的人相當謙恭有禮，卻找不到康威一行人的蹤跡。」

「所以康威怎麼去到重慶還是個謎？」

「唯一的解釋是他流浪到那裡，正如他也可能流浪到其他任何地方。總之，我們在重慶掌握了具體事實，這相當難得。教會醫院的修女是真的存在，還有，康威在船上彈奏那支疑似蕭邦作品的曲子時，齊維金的興奮也不是假的。」盧瑟福停頓一下，又接著說，「這其實是可能性的權衡，我必須說，天平並沒有明顯偏向哪一方。說句坦白話，如果你不相信康威的故事，那意味著你可能懷疑他的誠信，或懷疑他的腦子。」

他又停下來，像在等我表達看法。我說，「你也知道，戰後我就沒見過他，可是大家都說戰爭讓他變了個人。」

盧瑟福答，「是，確實變了個人，這點無可否認。任何年輕男孩經歷過為期三年肉體與情感上的高度壓力，總有某些東西會徹底碎裂。我猜有人會說他毫髮無傷走出戰場，可是傷痕確實在，在他的心裡。」

我們又聊到戰爭，以及戰爭對不同人的影響。最後他又說，「不過有件事我必須提一提，某種程度來說也許是最怪異的事，我在教會醫院探詢時聽到的。那裡的人都盡心盡力幫我，只可惜他們想不起太多東西，尤其當時正忙著對抗熱病疫情。我問了很多問題，其中一個是康威當初是怎麼去到醫院的，是自己找過去的，或病倒被別人發現送了過去。他們不太記得，畢竟是很久以前的事了。可是，就在我準備放棄詢問時，突然有個修女隨口說道，『醫生好像說是一個女人送他來的。』她只知道這麼多。那個醫生已經離開教會醫院，沒辦法立刻找他查證。

「調查了這麼久，我一點都不想放棄。那個醫生去了上海一家規模更大的醫院，所以我費點工夫問到他的地址，去那裡拜訪他。當時日本空襲剛結束，情勢還十分嚴峻。我第一次去重慶時就見過那個醫生，他禮貌周到，只是累慘了，沒錯，就是累慘了。比起日本人在上海本地的空襲，德軍對倫敦的轟炸根本不算什麼。他立刻說，沒錯，他記得那個失憶的英國人。我問他，送他進醫院的真是個女人嗎？喔，確定沒錯，是個女人，中國女人。還記得那個女人的樣子嗎？他答，不記得了，只知道她自己也生病發燒，幾乎立刻死亡……這時我們的談話被打斷，一批傷患被送進來，擠在走道的擔架上，因為所有的病房都滿了。我不想占用他的時間，尤其吳淞區接連不斷的槍聲提醒我，他應該還有很多事要忙。不久後他再回來，即使周遭滿目瘡痍，他看起來還是精神抖擻。我問了他最後一個問題，你一定猜得到是什麼？我問他，『那個中國女人，她年輕嗎？』」

盧瑟福輕彈他的雪茄，彷彿激動莫名，正如他希望我也激動莫名一樣。他接著說，「那個小個子嚴肅地注視我半晌，而後用高學歷中國人說英語時特有的急促口音說，『喔，不是，她很老，比我見過的任何人都老。』」

我們沉默了半晌，而後又聊起我記憶中的康威，青春洋溢、天資聰穎、魅力十足的康威。我們也談到那場改變他的大戰，談時間、年齡和心靈等種種不解之謎，還聊到那個「非常老」的滿族小姑娘，以及藍月谷那個怪異的終極夢境。我問他，「你覺得他能不能找到？」

（全文完）

國家圖書館出版品預行編目資料

消失的地平線/詹姆斯．希爾頓(James Hilton)著；陳錦慧譯. -- 初版. -- 臺北市：商周出版：英屬蓋曼群島商家庭傳媒股份有限公司城邦分公司發行, 2025.07
面；　公分. -- (商周經典名著；76)
譯自：Lost horizon.

ISBN 978-626-390-535-1 (平裝)

873.57　　114004999

商周經典名著 76

消失的地平線（烏托邦文學代表作，全新譯本）

作　　者／詹姆斯．希爾頓（James Hilton）
譯　　者／陳錦慧
企畫選書／黃靖卉
責任編輯／黃靖卉

版　　權／吳亭儀、江欣瑜
行銷業務／周佑潔、林詩富、吳淑華、賴玉嵐
總 編 輯／黃靖卉
總 經 理／賈俊國
事業群總經理／黃淑貞
發 行 人／何飛鵬
法律顧問／元禾法律事務所王子文律師
出　　版／商周出版
台北市115南港區昆陽街16號4樓
電話：(02) 25007008　傳真：(02)25007759
E-mail：bwp.service@cite.com.tw
發　　行／英屬蓋曼群島商家庭傳媒股份有限公司城邦分公司
台北市115南港區昆陽街16號8樓
書虫客服服務專線：02-25007718；25007719
24小時傳真專線：02-25001990；25001991
服務時間：週一至週五上午09:30-12:00；下午13:30-17:00
劃撥帳號：19863813；戶名：書虫股份有限公司
讀者服務信箱：service@readingclub.com.tw
香港發行所／城邦（香港）出版集團
香港九龍土瓜灣土瓜灣道86號順聯工業大廈6樓A室
E-mail : hkcite@biznetvigator.com
電話：(852) 25086231　傳真：(852) 25789337
馬新發行所／城邦（馬新）出版集團【Cite (M) Sdn Bhd】
41, Jalan Radin Anum, Bandar Baru Sri Petaling, 57000 Kuala Lumpur, Malaysia.
電話：(603) 90563833　傳真：(603) 90576622

封面設計／日央設計工作室
內頁排版／芯澤有限公司
印　　刷／韋懋實業有限公司
經 銷 商／聯合發行股份有限公司
新北市231新店區寶橋路235巷6弄6號2樓
電話：(02) 29178022　傳真：(02) 29110053

■2025年7月1日初版一刷　　Printed in Taiwan

定價360元

城邦讀書花園
www.cite.com.tw

 ISBN 978-626-390-535-1　eISBN 978-626-390-530-6（EPUB）